ご褒美はまだあげない……
JN265798
illustration©SANBOH SHIRONEKO

お姉さんと特訓中！

羽沢向一

illustration© 白猫参謀

美少女文庫
FRANCE SHOIN

プロローグ　ぼくのカラダで実験開始？

その建物はいつも、津和博人《つわひろと》に畏怖の想いを抱かせた。

数メートル先にそびえる愛想のない無機質な白亜《はくあ》のビルは、国家権力の中枢《ちゅうすう》である官庁でも、一見《いちげん》の客はお断りの尊大な老舗《しにせ》でも、ましてや危険な暴力団の本部でもない。しかし自分の接近をさえぎる分厚い壁がある気がして、進むのをためらってしまう。

博人は足をとめたまま、強化ガラスに守られた正面玄関を見つめた。ガラスの表面に自分の姿が映り、特徴がないのが特徴とよく言われる平凡な顔が、苦い薬を嚙んだみたいな顔でにらんでくる。

「うーん、自分を見てるだけで暑くるしいな」

ひょろりとした全身を、八月のギラギラした太陽が照りつけていた。つばの広い帽子をかぶり、青いポロシャツとゆったりした白いバミューダパンツにサンダルという格好でも、体中からだらだらと汗が流れる。足もとのアスファルトから立ち昇る熱気がサウナ風呂のようだ。

高校二年の夏休みの貴重な一日を、苦手な場所で費やしたくはなかった。本当なら今日は、愛読しているミステリー作家が原案を書いた映画の公開初日に駆けつけようと計画していたのだが、昨夜の一本の電話で呼びだされたのだ。

「しようがないなあ。このまま炎天下に立っていたら、母さんからの差し入れが腐っちゃうし」

左肩からさげた大きなスポーツバッグをギュッと抱きしめて、玄関横の警備室へ足を進めた。警備室につめている中年男の武骨な顔が、博人に向けられた。威圧感のある眼光を、頭から足先まで遠慮なしに浴びせられる。同時に監視カメラが撮影しているはずだ。

警備員の不機嫌そうな顔のなかで、瞳が柔和に変化した。いつもいるこの警備員が、表情の変化にとぼしいだけで、とても親切な人柄だと、博人にもわかっている。

「やあ、博人くん、久しぶりだね」

博人はぺこりと頭をさげた。

「こんにちは、太田《おおた》さん」

「また、お姉さんに差し入れかい」

「はい。姉さんから着替えを持ってきてくれと、電話が来ちゃって。日常のことは全部家族まかせなんだから困るんです」

「津和博士は研究熱心だからね。寝食を忘れて打ちこむというのは、ああいう人のことを言うんだろうね」

「はあ、まあ」

博人は苦笑して、胸の内で愚痴をこぼした。

（無関係な人には、寝食を忘れることは立派なことだろうけど、姉さんの世話をさせられる弟にはいい迷惑だよ）

博人が訪ねたビルは、姉の津和三千代《つわみちよ》が働く職場だった。玄関の上の外壁には、青い金属で作られた『スポーツフロンティアズ関東食品研究所』の文字が並んでいる。

スポーツフロンティアズは外資系の総合スポーツ企業だ。各種のスポーツ用具やエクササイズ用品の製造販売、多数のスポーツ施設の経営、そしてアスリート向けの栄養食品やサプリメントを手がけている。

食品開発の一部門を、津和三千代はまかされている。まだ二十七歳だが、大学生の頃から多くの研究成果で注目を集めた優秀な化学者だ。数多くの企業から三顧《さんこ》の礼《れい》で入社を請《こ》われたなかで、どこよりも自由に研究させてくれそうなスポーツフロンティアズに決めたと、博人は三千代本人から自慢された。

博人は入所証をもらって胸につけると、自動ドアを踏んで開けた。途端にひんやりした空気が流れでてくる。よく冷房の効いた空気に包まれて、全身の汗がすばやく引いていく。

心地よい冷気のなかにも、博人が苦手とする薫りが混じっていた。

化学の匂いだ。

ビル内に居並ぶさまざまな研究施設から少しずつもれでてくる薬品の匂いが、複雑に混合されたものだ。

博人の背筋がかすかに震えた。気温の急激な低下のためではない。博人は化学が苦手なのだ。小学生の頃から理科や数学よりも国語や社会が得意だった。とはいえ、それほど理科の成績が悪いわけでもなかった。十歳年上の姉があまりにも化学で優秀な成績を残したために、平凡な弟は比較されて苦手意識を大きくしていった。中学生のときには、理系の勉強にすっかりやる気をなくしていた。反動というわけでもないが、国語や歴史の成績は高校でも上位にいる。

化学嫌いの元凶が、長い廊下の奥から白衣の裾をひらひらさせて、大股で歩いてきた。右手をあげて、大声を玄関に反響させた。

「はーい、ひろくん、いつもごくろーさん！」

津和三千代は、博人が予想した通りの格好で現われた。長い髪を無造作に後ろでひとつに束ねて、化粧気の全然ない顔にシルバーフレームの丸い眼鏡を輝かせている。白衣の裾からすらりと伸びた両脚の先には、動きやすさだけを重視したスニーカー（スポーツフロンティアズから無料で提供されたものだ）。白衣の下は、ここ数日は着たきりの服だろうと、博人は想像した。

三千代は研究に熱中すると、身だしなみをまったく気にかけなくなる。研究所内にランドリーがあるくせに、洗濯物を溜める。汚れ物が許容量を超えると、家に電話をかけてくるのだ。そのたびに博人は姉の着替えを運ばなければならない。

そんな状態でも、三千代は魅力的だった。弟の目から見ても、姉は美人だ。丸い眼鏡と完全に一体化した美貌は、理知的であると同時に強情な印象を与える。姉弟だけあって目鼻の形は博人とよく似ているのだが、ほんの少し配置が違うだけで、凡庸《ぼんよう》と美女に分岐していた。

白衣の胸も大きく盛りあがり、内側に実った果実の豊満ぶりを想像させた。胸だけでなく、全身のプロポーションも抜群だと、博人はよく知っている。なぜ知っているかといえば、たまに姉が家に帰ってくると、オヤジのごとく平気で下着だけでうろつくからだ。三千代のほうはまったく気にしないが、博人は目のやり場に困ってしまう。とにかく白衣以外の服を着て、化粧をすれば、モデルでも通用するだろう。しかし本人は研究室にこもって、化学物質の合成に勤《いそ》しむことにしか興味がない。

迎えに来た姉と並んで、博人は特撮番組に出てくる正義の味方の秘密基地めいた清潔な廊下を歩いた。ビルのなかでは　常に極秘の研究が進められていて、博人のような研究員の家族でも、部外者がひとりで歩きまわることは許されない。

「母さんの煮物を持ってきてくれた？　あれはうちの研究員にも評判いいんだよね」

「タッパーにたっぷりと入れてきた。研究室で受けてるって聞いて、母さんもはりきってるよ」

「よかった。これでまたわたしの株があがる。ところで、ひろくん、うちの研究室でバイトをしてみない？」

「バイトって、またぼくを実験台にするつもり？」

三千代が大学にいた頃から、いや、それ以前の博人がものごころがついた頃から、化学少女だった姉の実験モルモットにされて、さんざん痛い目に合わされてきたのだ。姉の科学的探究心に貢献するのは弟の義務だと、三千代は本気で考えている。さすがにスポーツフロンティアズに就職してからは、実験に引きずりこまれることがなくなり、博人は安心していたのだが。

「男性被験者のひとりが急病になって、参加できなくなってね。言っておくけど、被験者が病気になったのは、姉さんのせいじゃないからね。海外旅行帰りの恋人から、なにかのウィルスをうつされたらしいよ。ひろくんは夏休みなんだし、四日くらい、研究所に泊まれるでしょう。ご飯も三食きちんと出すよ。外資系の大企業だから、おかずは豪勢だよ」

「いきなり四日も泊まりなんて、そんなのむちゃだ。ぼくにも予定があるんだから」

言葉で抵抗する博人へ、姉がニマッと笑いかけてくる。三日月の形になった唇が、不思議の国のアリスに登場するチェシャ猫のイラストを思い起こさせた。

「ひろくんの予定って、なーに？　もしかしてデート？」

「いや、そういうことじゃないけど」

「ひろくんにデートする相手がいるわけないもんね」

「失礼な。ぼくだって」

「ひろくんは結婚するまで童貞のタイプだよ。それもお見合い結婚ね」

「あのなあ」

「デートじゃないのなら、姉の重要な研究に協力したまえ。それが世のため人のため科学の発展のため」

「だから、いきなり四日も泊まれって言われても困る」

「いいから、いいから。ねー、ひろくん」

☆

博人はスポーツフロンティアズ関東食品研究所内の津和研究室の回転椅子に座らされていた。周囲にはそろいの白衣の男女が集まっている。博人も何度か顔を合わせた姉の部下たちだ。部下といっても、三千代よりも年長者が多い。

博人が家から着てきた服は脱がされ、白いトランクスを穿いただけの姿にされた。日頃鍛えていないことが明らかな、ひょろりと薄い体格があらわになっている。夏だというのに、腕や脚以外はほとんど日焼けもしていない。

科学者にしては体格のいい男性研究者が、しみじみと告げた。

「運動生理学者として言うけど、博人くんはもう少し、体を鍛えたほうがいいぞ。ぼくは学問に打ちこみながらも、トレーニングは欠かしていないんだ」

「はあ」

化学が苦手な博人だが、それ以上にスポーツには関心がない。高校の体育の授業以外に運動をすることはほとんどないし、テレビでスポーツ中継を観ることもなかった。まして自分から肉体的トレーニングをするなど、考えたこともない。両親から受け継いだ太りにくい体質でなければ、肥満していてもおかしくはない生活態度だ。

「でも、惜しいわあ」

三千代と同年代の女性研究員が、博人の顔をしげしげと眺めた。

「弟さんも津和博士みたいに眼鏡をかけたら、いい感じになるのに」

博人はうつ向き、細い体を縮こまらせた。姉ではない女の人から、上半身だけとはいえ裸を見られるのは恥ずかしい。

「眼鏡っぽい顔だとは、よく言われますけど」

「やっぱりね～♪」

女性研究員が妙にうれしそうな顔になり、喜々とした手つきで博人の胴体のあちこちに透明なジェルを塗ってくる。

(うわ、冷たい。なんだか、変なプレイみたいだな)

博人の頭のなかに、密かに読んだエロ漫画のページが浮かんだ。姉の部下たちの前で勃起してしまう危機を感じたが、複数の手によって、ジェルでぬらつく皮膚に次々とセンサーを貼りつけられると、それどころではなくなった。センサーを押しつけられるたびに、はじめて知る奇妙な感触のおかげで、股間に集まりかけた熱が冷めていった。

センサーから伸びるコードは、文系高校生には意味不明な機械につながり、機械はコンピューターにつながっている。室内にずらりと並んだモニターでは、やはり博人には理解できない数字や画像がチラチラと動いていた。

室内に充満する科学的な雰囲気に、博人は圧倒されて言葉も出ない。

（荷物を渡したら、すぐに帰るはずだったのに……結局、姉さんの言いなりになっちゃってる……いつものことながら、情けないなあ）

三千代から大声で怒鳴られたわけではない。明るい口調でおしゃべりしているうちに、ついつい姉の言葉に従ってしまうのだ。十歳も年齢が離れているおかげで、幼い頃から三千代に手なずけられてきた結果だ。

（絶対に、姉さんにマインドコントロールされてる。どうにかしないと、ずっとこのままだ）

とはいえ、姉よりも年上の研究者たちが、若い三千代の指示に従って動くのを見ていると、博人はなんとなく誇らしくなった。普段は実感しにくい姉の優秀さを確認できる。

「はーい、ひろくん、これを飲んでよ」

三千代が右手に黄色いカプセルをつまんで、左手に水の入った紙コップを持ってきた。顔にはまたチェシャ猫の笑みが浮かんでいる。博人は当然の疑問を口にした。

「なに、それ？」

「わたしと優秀なる津和研究室メンバーが開発した新作のサプリメント。たんなる栄養食品だから、気楽に飲んじゃってね」

（あやしい）

博人の体内で警戒のサイレンが鳴った。三千代がこういう表情をしているときは、まさしく実験の過程と結果だけしか考えていない。子供の頃に、この笑顔の姉に飲まされた変な液体で、何度気分が悪くなっただろうか。病院に担ぎこまれたのも、一度や二度ではない。

（でも、今の姉さんは大企業の一部門をまかされて、責任のある立場なんだから、体に悪いものを飲ませるわけがないか）

博人は姉の手から錠剤をつまむと、口に入れた。紙コップの水で、一気に飲みくだす。三千代がオリンピックの選手宣誓のごとく溌剌《はつらつ》とした声を放った。

「服用確認！　それでは三十分後に最初の採血をするからね」

「血を採るの！　どうやって？」

「もちろん、血管に注射針を刺して吸いだすんだよ。明日の朝までに十三回、採血するよ」

「注射なんて、ひと言も教えてくれなかったじゃないか！」

「こんな常識的なことを、いちいち説明する必要はないもの」

「どこの常識だよ」

「常識だよねえ」

三千代の言葉に、周囲の助手たちがいっせいにうなずいた。

「博人君、薬の臨床テストではこれくらいの採血はあたりまえなんだ」

「あたしたちも全員、何度も経験してるわ」

「けっこう楽しいぞ。試験管に自分の血が溜まるのを見るのは」

「うん、あれは楽しい。こう赤い飛沫《しぶき》がぴぴぴっとガラスの内側につくのが美しい」

「検査が終わると、腕に注射の跡が並んで、麻薬中毒者みたいになるのが、これまた愉快でねえ」

にこやかな顔つきで一般人にとっては非常識きわまりないことを言う白衣の男女を、博人はじろりと眺めまわした。

「もしかして、ぼくが抵抗しても無駄だという空気を作ろうとしているんじゃないですか」

「いやいや、それは」

最年長の男の助手が、さらに懐柔の言葉を口にしたとき。床下から突きあげるような衝撃があった。椅子の上から、博人の体が跳びあがる。

「うわああっ！」

男の太い叫び声と、女の甲高《かんだか》い悲鳴がいくつも交差する。それらを圧して、足もとから得体の知れない地響きが轟《とどろ》いた。

「わあああっ！」

天才コメディアンのズッコケのごとく顔から床に投げだされた博人の目に、テーブルの上に置かれた金属製のタンクが落ちるのが映った。落下を防ごうとする余裕のある者は誰もおらず、右往左往する何本もの足の間の床にタンクが激突した。衝撃でタンクにつながったチューブがはずれて、水鉄砲のように青い液体が噴出する。

床に転がった博人の顔をめがけて。

「ひゃあ！」

顔全体に青い液体がぶっかけられた。嗅いだことのない酸っぱい異臭が、鼻から肺をみっちりと満たした。鼻の穴と口に生ぬるい液体が流れこみ、無意識に飲みこんでしまう。匂いの印象に反して、濃縮したシロップのように気持ち悪いほど甘ったるい味覚が、口内いっぱいにひろがる。

「うげ、うえええええっ」

激しく嘔吐《おうと》しそうになった。だが飲みこんだ液体を吐く前に、博人の意識は猛烈な睡魔に襲われて、無意識の領域へと滑り落ちていった。

遠くから聞こえる姉の呼び声を聞きながら。

☆

意識が戻ったときには、博人は白いベッドで寝ていた。いかにも病室に置いてあるような簡素なベッドに横たえられている。

「目が覚めたのね、ひろくん」

まぶたを開いたすぐ前に、三千代の顔があった。シルバーフレームの眼鏡のレンズの奥で、姉の瞳が一度も見たことのない色に染まっている。

（姉さんにそんな目で見つめられたら、ぼくのほうが不安になるよ。大丈夫。気分は

悪くないから)

博人はベッドから起きあがろうとした。しかし金縛りに合ったように体が動かない。手足を動かそうとすると、見えない何者かに強く押さえつけられているようだ。

(えええ!? なんだ、これ!?)

あわてて自分の体の状態を確認すると、手首と足首が弾力のあるベルトで、ベッドに拘束されていた。声を出そうとしたが、口には太いチューブが挿《さ》しこまれて、医療用のテープで固定してあった。胴体には一枚の下着も着せられていない。代わりに多数のセンサーが胴体と頭に貼りつけられ、機械に接続してある。剝きだしのペニスの先には、尿を採集するための細い尿道カテーテルが挿入されていた。

普通なら人前で全裸になっていることで大あわてをするところだが、今はそんな余裕はなかった。まるで末期治療状態の博人の体が、ジタバタともがく。手足を戒められているので、生きたまま標本箱に磔《はりつけ》にされた哀れな虫のようだ。

「んがっ! もごごごっ!」

「はいはい。ひろくんが言いたいことはわかるわかる。どうして自分がこんな格好にされているのか、ということね」

「ふがふがふんが」

博人の首が上下に動いた、頭から伸びる何本ものコードが、リボンみたいにゆらゆらと揺れる。動く弟の顎を、姉の右手がとめた。

「三時間ほど前に、すごーい音と震動があったのは覚えているよね。研究所の地下のボイラー室で、爆発事故があったためよ。幸い、大きなけがをした人はいなかった。わたしの研究室も被害はたいしてなかったけど、ひろくんだけが開発中の健康ドリンクを浴びて、気絶しちゃったのね。もちろん危険なものじゃないのよ。ぜーんぜん危険じゃないけど、念のためにひろくんの検査はきっちりしておかないとね」

(あやしすぎる！　危険じゃないなら、こんなにおおげさな処置をさせられるはずがない！)

「あー、ひろくん、その目は疑ってるなー。たったひとりの姉の言葉が信じられないなんて、嘆かわしい」

「主任！　大変です！」

わざとらしい苦笑を作る三千代の背後から、津和研究室最年長の研究員がうわずった声をかけた。博人は今になって、男の名前が佐脇《さわき》だと思いだした。

「あら、どうしたの？」

「これを見てください。博人君のデータですが」

佐脇の手がプリントアウトした何枚もの紙を、三千代に押しつける。データの内容は、博人から見えなかった。見えるのは、三千代の両眼のギラリとした輝き、それに額《ひたい》にくっきりと浮かびあがった血管だ。

「げっ！　どーゆーこと、これ！　ありえない！」

「ええ、ありえません。自分もこんな数値は、この道に入ってからはじめてお目にかかります」

横からデータを覗きこむ佐脇の顔も、患者に余命一カ月と告げる医者を思わせた。

（ど、どういうことなんだ！　ぼくの体はどうなっちゃったんだ！）

「うぐっ！　うがが！」

博人の声なき叫びを無視して、姉は佐脇に命じた。

「大至急、みんなを集めて。もっと精密な検査が必要よ」

「はい。了解しました」

途端に博人が縛りつけられたベッドの周囲が騒がしくなった。三千代のてきぱきとした指示のもとに、新たな測定機器が次々と運びこまれ、コンピューターに新たな命令が入力される。博人のうめき声の訴えはすべて無視されて、猛烈な勢いで新たな検査態勢が建設されていった。三千代と佐脇は厳しい顔つきで、早口で討論している。

博人の身動きできない体は、増大する不安に押しつぶされた。

（ちょっと待ってよ！　誰か、説明してくれ！　なにがどうなってるんだあ！）

博人の心の叫びを無視して、三千代は天井を見あげ、チェシャ猫の笑みをギラギラと輝かせた。

「すごーいことになるかもしれない！」

特訓1～水泳 再会した巨乳のお姉さん！

「いやー、なにごともなくてよかったね、ひろくん」

スポーツフロンティアズの社用車である白いワゴンのハンドルを握る姉に、助手席の博人は疑惑の目を向けた。三千代はいつもの白衣。助手席に座る博人は、青いTシャツに白いバミューダパンツだ。ゆったりした裾から伸びる細い脚が、落ち着きなく動いている。

「本当に、なにごともないのかなあ？」

「もーちろん」

「だったら、どうしてドライブするのに白衣を着てるんだよ。ノートパソコンも持ってるしさ」

「あら、白衣は姉さんの普段着よ。ノートパソコンも姉さんにとってはハンカチみたいなものなの」

「あやしい……」

ボイラー爆発から、十日が過ぎた。

博人本人は体の異常をまったく感じなかったのだが、精密検査は三日間におよんだ。四日目にようやく解放され、三千代に付き添われて自宅へ帰ることができた。

しかし今日の夕方になって、三千代が車体の側面に青い文字で『スポーツフロンティアズ』と記した白いワゴン車を運転してきて、博人は強引に乗せられたのだ。

「ほーら、目的地が見えたよ」

三千代が言ったときには、もう夜になっていた。幹線道路からそれて十分ほど走ったワゴンは、東京の都市近郊とは思えない緑が残った土地を縫って、大きな建物へ向かっている。

建物のシルエットの上には、ライトの光に照らしだされて、『スポーツフロンティアズ　水巻アスレチックセンター』という青い看板が浮かんだ。その大きな文字を目にして、博人は自分がいるところが、どうやら水巻という地名だと知ることができた。

「あれはスポーツフロンティアズが経営する総合スポーツジムのひとつよ。フィットネスジムから屋内プールやスケートリンクまで備えた総合運動施設なんだから。すごいでしょう」

そう言われても、博人はあまり心を動かされなかった。やはりスポーツに関することはピンとこない。ただ近づいてくるアスレチックセンターの建築デザインの流麗さは気に入った。姉が勤める食品研究所の清潔なだけの無愛想な外観とは大違いだ。

「でも、なんでもないなら、どうしてスポーツジムなんかに、ぼくを連れてきたんだよ」

「ひろくんに会わせたい人が、アスレチックセンターにいるの」

警備員に連絡をしてあったらしく、三千代が社員証を見せるだけで、閉まった正門を開けてもらえた。職員用の駐車場に停車すると、三千代はノートパソコンを手にして、ワゴンから降りた。博人もあとを追う。

水巻アスレチックセンターは博人の予想以上に大きな施設だった。昼には大勢の利用者でにぎやかなはずの建物のなかも、姉弟二人きりで歩いていると言葉にできない寂寥感《せきりょうかん》に満ちていた。照明が煌々《こうこう》と光を放っていても、柱の脇や床の隅に墨汁《ぼくじゅう》のような闇がべっとりとわだかまっている気がした。

博人は不安をかきたてられて、前を進む姉に尋ねた。

「いいかげんに教えてよ。ここになにがあるのか」

「ほら、この先が目的地よ」

三千代が白衣の裾をはためかせて、廊下の突き当たりの大きなドアを押し開いた。

博人の体が、大量の水の匂いに包まれた。長い間、嗅がずにすませてきた、あまりに不吉な匂いだ。

「姉さん、ここはあれじゃないか?」

「そうよ。あれよ。さあ、入って」

「あれなんて、ちょっと、わっ!」

白衣の腕が伸びて、博人の首にまわった。ヘッドロックの体勢で、開いたドアの向こうへと引きずられる。いやがる博人の視界に、予想通りのものが入った。

広々とした室内に、大量の水が満々とたたえられている。

高い天井の鋼鉄の梁《はり》にさがるたくさんのライトの光に照らされて、わずかに波打つ水面がキラキラと輝き、屋内プールを幻想的に飾っている。誰が見てもたまらず跳びこみたくなるような、清潔で快適なプールだ。

ただし、博人だけは例外だった。

博人の目には、屋内プールが自分を地獄へと陥れる入口としか映らない。強引にへッドロックから首を抜くと、水面に背を向けてまさに脱兎《だつと》のごとく走りだした。

というつもりだったが、あっさりと三千代に右腕を取られて、背中にねじられてしまう。

「痛っ！　いたたたたた」

「はいはい、暴れない暴れなーい。こう見えても、研究所の警備員さんから護身術の手ほどきを受けてるんだから」

顔を引きつらせる博人を、姉がやすやすとプールサイドへと連れていく。弟は必死に三千代へ食ってかかった。

「ひどいじゃないか！　ぼくがプールはだめなのを知ってるくせに！」

そう。博人は泳げない。

幼稚園のときに市民プールで溺れたのだ。小さな博人の姿は監視員の目にとまりにくかったらしい。あともう少し救出されるのが遅かったら、確実に博人の生涯は早々と終わっていた。プールサイドにあげられたときには、すでに意識はなかった。

博人の記憶に残ったのは、全身が猛烈な水圧で押しつぶされる圧倒的な恐怖のイメージだけだ。小学生になっても、何度も水没のイメージが悪夢となって現われて、ひどくうなされたものだ。

その日以来、博人は泳げなくなった。偶然というべきか、幸運にというべきか、博人が通った小学校と中学校にはプールがなかった。ともに戦後すぐに建てられた古い学校で、周囲を住宅にぎっしりと囲まれて新たにプールを造る土地がなかったのだ。現在通っている高校は、わざわざプールがないという理由で選んだ。優秀な進学校なので、博人は懸命に受験勉強をした。それほど博人にとってプールは鬼門、まさに生死のかかった問題なのだ。

「ぼくがプールに近づくのもイヤなのは、姉さんが一番わかってるだろう！」

小さな子供のように声を高くしてわめく博人の背中に、力強い声がぶつかった。

「その子が、三千代の弟？」

「やほー、まなっち！」

三千代がノートパソコンを持った左手をひらひらと動かすと、また聞き覚えのない声が、博人の耳に流れる。

「きみが博人くん？　せめて、顔くらい見せてよ」

心地よい声だった。熱くなった博人の頭を、高原の涼風のようにさわやかに冷やしてくれる。未知の声が持つ魅力に惹《ひ》かれて、博人はつい見たくもないプールの方向へと顔をめぐらせた。

声の印象そのままに、思わず見入ってしまう人物が、水面を背にしてプールサイドに立っていた。

白地に鮮やかな赤で精妙なラインを描いたジャージの上下が目に入る。胸に並んだ『SFS』の文字は、スポーツフロンティアズのイニシャルだ。スポーツ番組を観ない博人は知らないが、大きな大会で着用している選手も多い。

ジャージの上に、印象的な美貌があった。

短い黒髪に縁どられた顔は、どこかリスを思わせた。二十七歳の三千代と同じくらいの年齢のようだが、表情に子供っぽい輝きが同居している。

意志の強さを表わすくっきりとした眉の下から、綺麗なアーモンド型の目が博人を見つめている。鋭い視線を浴びるだけで、博人は自分の内側に巣くう水への恐怖をギュッと握られた気がした。つかみだされた恐怖心を眺めて、ジャージ姿のお姉さんの唇が愉快そうに、そして少し意地が悪そうに高く吊りあがる。

「博人くん、まだプールが苦手みたいね」

川のせせらぎみたいに澄んだ声だ。それでいて揺るぎない力強さを感じさせる音色だった。

しかし博人の視線は、微笑む美貌よりも下のほうに集中していた。ゆったりしたジャージが、胸の部分だけは窮屈そうにピンと張りつめている。内側から猛烈な圧力で押されているのだ。

（大きい……本物の巨乳だ……）

と博人は感嘆した。姉もバストは豊かなほうだが、見知らぬお姉さんの胸は明らかに三千代よりももっと大きい。グラビアを飾るアイドルでしかお目にかかったことのない巨乳が、わずかに揺れながら、どんどん博人へ接近してくる。呆然としている博人の胸に今にも当たりそうな位置にまで、ジャージの盛りあがりの先端が寄った。

「こんばんは、博人くん。わたしは遠江《とおえ》真夏《まなつ》。三千代とは子供の頃からの友達で、大学も同期よ。博人くんが小さい頃に、何回か会ってるけど、覚えてないかな？」

「え、そうなんですか？」

博人は記憶を探ってみたが、全然心当たりがない。子供の頃はきっとかわいい美少女だったろうが、まったく印象も残っていなかった。

「すみませんが、覚えていないです」

「博人くんは本当に小さかったから、忘れてるのも無理ないかな。今はこの水巻アスレチックセンターで、水泳のインストラクターをしているのよ」

博人を挟んで、後ろから三千代の声が聞こえた。

「まなっちはわたしたちの大学の水泳部のエースで、オリンピック選手の候補にまでなったのよ。姉さんの卒論の実験にも協力してもらったんだから」

「要するに、三千代のモルモットにされたわけよ。それで、本当に博人くんに、三千代が言っていた力があるの？」

「今までに得られたデータではね。ほーら」

三千代はノートパソコンを開いて、起動させた。目にもとまらぬ指さばきで、画面にグラフや数字と化学式の連なりをいくつも出した。

画面を眺める真夏が、首を振る。

「そんなのを見せられても、さっぱり」

いっしょにパソコンを見る博人も同様だ。ただグラフの上に『津和博人』と自分の名前があるのだけはわかる。

「ひょっとして、これはぼくに関係していること？」

「正解！　うちの研究室で取ったひろくんのデータを解析したものよ。これがなにを意味しているかというと、ひろくんの体から特殊な物質が出ているのよ」

「ぼくの体から!?　病気なの？」

「違う違ーう。健康には問題はない。ひろくん自身には、なんの影響も与えない物質なの。ボイラーが爆発したときに、ひろくんが飲んだサプリメントと浴びた薬品の影響ね。こんな結果になるとは、姉さんも思いもよらなかったのよ」

「だけど、ぼくの体の変化と、プールに連れてこられたことと、どういう関係があるんだよ」

「正確には、プールではなくて、ひろくんをまなっちに会わせるためにアスレチックセンターに来たのよ。ひろくんが体から分泌している物質は、姉さんの見たところ、ある程度以上のレベルまで鍛えた女性スポーツ選手の運動能力を高める働きがあると推測される。それを実証するために、ひろくんにはまなっちとしばらく共同生活をしてもらうのよ」

博人の眉がピクピクと動いた。

「もらうのよって、もう既定事実みたいに言うなよ。ぼくの意志はどうなるんだ。だいたい、どうしてわざわざぼくが嫌いな水泳選手を選んだんだ?」

「姉さんとしては、ひろくんにプール嫌いを克服してもらいたいと願っているのよ。幼稚園のときにひろくんが溺れたのは、姉さんがほったらかしにしていたせいだから、その罪滅ぼしをしたいの」

確かに、あのとき博人を市民プールへ連れていったのは三千代だった。三千代は自分が幼い弟の面倒を見なくてはならないことを、綺麗さっぱりと忘却して、なにかの現象の観察に没頭していたのだ。

「いまさらいいよ、そんなこと。ぼくは一生泳げなくてもいい！」

「それは水泳インストラクターとしては、聞き捨てならないよね」

博人のTシャツの両肩に、背後から真夏の左右の手が置かれた。予想外の握力で強く握りしめられる。

「博人くんみたいに、泳げなくてもいいなんてお子ちゃまを目にすると、水泳を愛する者の血が騒ぐなあ。ねえ、博人くん、わたしといっしょに泳げるようになろう。このプールはちゃんと足がついて、絶対に溺れたりしないよ。寝泊まりも大丈夫。水巻アスレチックセンターには合宿用の宿泊施設もある」

「お断りです」

博人は振りかえって、遠江真夏の顔をにらんだ。間近に相対すると、博人よりも真夏のほうが少し背が高い。黒目がちの瞳で、じっと見おろされてしまう。ジャージの内側から主張するバストの存在感がますます大きくなって、十歳年下の高校生に迫ってくる。

博人は一度巨乳に目を奪われてから、あらためて真夏に言いつのった。

「ぼくは水泳には興味ないですから。姉さんの研究にも、付き合うつもりはない。ぼくにも夏休みの計画はいろいろとある……」

博人の声が、喉の奥で引っかかった。左右のまぶたが大きく開いて、眼前で進行する事態を凝視《ぎょうし》してしまう。

文字通り少年の目の前で、真夏が喉の位置にあったジャージのファスナーのスライドをつまみ、ゆっくりと引きさげた。

どうしようもなく無言になった博人が凝視する前で、モーゼの前で割れる紅海のごとく、内側からの圧力に押されてジャージが左右に大きくひろがった。

ドンッ！

という擬音が、博人は聞こえた。

ジャージの戒めから解放された二個の球体が、遠慮なく、あるいは容赦《ようしゃ》なく、博人へと差しだされた。

といっても真夏は裸ではなかった。ジャージの下には水着を着用している。ビキニではなく、淡いウォーターブルーの競泳用の水着だ。

普通のワンピースの水着と異なり、首から胸までぴっちり布で覆われている。胸の谷間どころか、鎖骨すら見えない。

しかし。

(薄い!)

博人は熱を持った頭のなかで何度もうなった。

(薄い、薄い、すっごく薄い水着だ!)

まさにスポーツフロンティアズ驚異の技術力。首もとに小さく白い文字で『SFS』とロゴの入った競泳用水着は、衣服というより人工の皮膚そのものの薄膜となって、真夏の胴体にわずかな隙間もなく密着している。

ウォーターブルーの皮膜は、真夏の乳房の形状を余すところなく露出した。控えめに目測しても、Dカップではありえない。確実にEかFカップはある二つの乳塊が、最高に美しい球面を描いて、博人へ向かって突出している。

見えるのは、それだけではなかった。

「ち」

と思わず口に出しかけて、博人は声を抑えた。

(乳首の形まで)

ごくり、と唾を呑みくだす。両眼が競泳用水着の表面の二点に吸いついてしまう。

(わかる!)

ウォーターブルーに包まれた二個の巨大な球体の先端に、小さな突起が浮いている。筒状の肉の粒を、ボディペインティングさながらの水着が包んでいた。乳首の周囲を囲む乳輪の形さえ、わかる気がする。

「なにをじっと見つめてるのかな、博人くん」

突然、真夏から尋ねられて、博人はあわてて目をそらし、顔を真横へそむけた。声もうわずり、しどろもどろになる。

「な、なにって、ぼくはなにも、その……うわ」

博人の顔を、真夏の両手がつかみ、前へと向けた。ちょうど巨乳へ視線が向く位置で固定される。

「いいの。好きなだけ見つめて。博人くんに見てもらうつもりで、わざとこの水着にしたのだから」

「え、ええ？」

博人の顔つきが思いっきり間が抜けたものになる。真夏がクスクス笑って、わざとらしく胸をそらしてみせた。

「この競泳水着は、スポーツフロンティアズの水着部門が製作した試作品よ。薄くしたのはいいけど、身体の輪郭が出すぎて、とてもじゃないけど人前では着られないから、販売中止になったの。確かにこれじゃあ、裸でいるのと同じよね」

　そう言って、真夏が上体を揺らした。豊かな乳房が、これ見よがしにフルンと上下にはずむ。博人は誕生日に三段のデコレーションケーキを出された子供のように、自然と感嘆の声を喉からあふれさせてしまう。

「うわあ」

　研究所の廊下で姉に見定められた通り、博人はもてるタイプではない。女とは感じられない姉を別にして、生きた巨乳と間近に接するのははじめてだ。いつもはグラビアやテレビのなかだけに存在する豊満乳房が、今にも触れそうな位置で生々しく躍動している。また自然と感銘の声があふれた。

「あああ、すごい」

　博人が放った無意識の歓声を聞いて、真夏の顔に満足の笑みが現われる。前を開いたジャージのシャツを完全に脱ぎ、博人の頭上を越えて三千代へ投げ渡した。すぐさまジャージのパンツに両手をかけて、フルーツの皮を剝くように脱いでいく。

　パンツも三千代の手に渡ると、博人の前に極薄の競泳水着だけになった遠江真夏の全身が出現する。真夏は両手を高い腰に置き、堂々と胸を張った。

　博人はいよいよ声を失う。胸だけでなく、全身をあらわにした真夏の水着の姿態は、男子高校生にはあまりにまぶしすぎる。特に胸まわりはすべて隠しているくせに、下半身はハイレグなのが強烈だ。

　真夏の身体は、アイドルやクラスで人気のある女子たちと比較して、横幅があった。といっても肥満しているわけではけっしてない。太いのではなく、たくましいのだ。露出した手足にはしっかりと筋肉がついて、運動不足の博人よりも力強さがみなぎっている。水着が貼りついたなめらかな腹も、よく見るとわずかな腹筋の凹凸《おうとつ》がわかった。

　たくましさを感じさせても、真夏の肉体は充分以上に女の魅力を発揮している。博人の関心を引かずにはおかない美乳球だけでなく、くびれたウエストから左右にひろがる腰へとつながり、張りつめた太腿へと流れる曲線は、女体のひとつの理想形だ。

　しかし博人の目は、筋肉とは別のものに吸い寄せられている。

　縦長のかわいいへそのくぼみの下、ウォーターブルーの細い逆三角形の頂点に位置するふっくらした盛りあがりに、そしてふくらみの中心を縦に走る切れこみに、男子高校生の視線は集中している。

　そこをじっと見つめるなど、普通なら恥ずかしくてできない。でも今の状況なら、少年の欲望そのものの視線も許されそうだ。

夢中で凝視《ぎょうし》する博人の耳に、ついさっきと同じ言葉がかけられた。

「なにをじっと見つめてるのかな、博人くん」

「えっ、あ、あの……」

博人はまたもや顔をそむけた。今度は真夏がすばやくまわりこみ、同じ反応を見せる高校生の顔の前へ移動した。間をおかずに、再び薄膜に包まれた豊乳とへそと女の秘筋が視界に侵入してくる。楽しげな笑い声が、博人に投げかけられた。

「見ていいって言ったのに。見せるための水着なんだから」

「でも……」

博人はなんと答えていいのか、わからない。女のほうからこんなあからさまなことをされるなど、想像したこともなかった。なにをどう反応すればいいのか、考えあぐねて硬直する博人の顔を見つめたまま、水着美女が白衣美女へ声をかけた。

「ねえ、三千代。さっき言った研究をするには、博人くんとわたしがいっしょに生活しなくちゃならないんだよね」

「そう。できる限り、二人は近くにいてもらいたいの」

「つまり、研究を引き受けたら、博人くんはすぐ近くから、わたしの身体を眺め放題ということね」

真夏が迫力ボディをくねらせて、両手で脇腹から引き締まったウエストを撫でおろし、むちむちした太腿の表面を這わせた。

「ううん。いっしょに暮らすんだもの。ただ眺めているだけではすまないね。もっと濃密で大変なことになっちゃうのは確実よ」

「もっとって……大変なことって……」

「知りたかったら、今すぐ更衣室で服を脱いで、水泳パンツに着替えてきて」

「はーい、これね」

三千代が白衣のポケットから、派手な布を出した。開くと濃紺の地に鮮やかなオレンジ色でハイビスカスの花々を描いた、やたらとトロピカルなデザインのトランクス型の男性用水着になる。

博人は自分には似合うとは思えない水着を右手に押しつけられても、とまどって立ちつくすままだった。頭のなかでは何人もの自分が、猛烈なスピードで会議をしていた。

(年上の美人が誘ってくれてるんだぞ。いっちゃえ、いっちゃえ)

(そうだ。今はガールフレンドも恋人もいないんだ。というか、いまだかつていたことはないけど、とにかく遠慮することなんかない)

(見ろ、あの巨乳。もしかしたら、あのすごい胸に触れるかもしれない)

(このときを逃がしたら、こんなチャンスは一生めぐってこないかもしれない)

(いや、二度とこないよ。客観的に自分を見ればわかる)

(でも、本当にもっと大変なことが起こるのかな？　ただのリップサービスじゃないか？)

(そう考えたほうが、リアリティがあるなあ)

(そうだよ。そんな美味しい話があるはずがないだろ。現実を直視しろ)

急スピードで懐疑に満ちていく思考のデフレスパイラルが、衝撃的な未知の感触によって断ち切られた。

「わひゃっ！」

たまらず情けない声が出てしまう。博人の首筋に真夏が顔を寄せ、舌を伸ばして右の耳たぶを舐めたのだ。温かくて、柔らかくて、ぬるぬるした感触が、言葉にできない気持ちよさに変化して、脳のなかをかき乱す。

真夏が舌で耳をなぞりながら、奥の鼓膜へ向けて囁《ささや》いた。

「早く、着替えてきて」

じっとりと唾液で濡れた耳から水泳インストラクターの唇が離れると同時に、博人は甲高《かんだか》い声で即答した。

「は、はいっ！」

「男の更衣室は入ってきた扉を出て、廊下の右側ね」

「はいっ！」

人生最速のスタートダッシュで、博人は廊下へ出ると、すぐに『男性更衣室』と記されたプレートを見つけて、なかへ跳びこんだ。無人の室内に並んだロッカーの一番手前の鍵を開けると、すばやく脱いだTシャツとバミューダパンツとトランクスをぽいぽいと放りこむ。

全裸になってはじめて気づいた。

「うわ、勃《た》ってる！」

頭に血が昇って、自分の下半身の反応に気づかなかった。股間のモノが最高潮で勃起している。腹にくっつくほどにそそり立ち、いわゆる『ギンギン』の状態になっていても、亀頭には包皮がかぶっていた。長さも、太さも、ひょろりとした体形にふさわしい、高校生の平均的なサイズだ。

だが、今の博人に、大きさや剝け具合を気にする心のゆとりなどない。それ以前に、初対面の女性の前で、バミューダパンツにテントを張っていたことが恥ずかしくてたまらなかった。

（真夏さんに勃ってるのを見られてたんだ。ああ、かっこわるい）

その真夏こそが博人の下半身に血液を集中させた張本人なのだが、ついつい自分が悪いことをした気になってしまう。いまさら鎮めることは不可能だ。これからまた極薄水着に包まれた真夏の強烈な肉体を前にすると思うと、逆に痛いほどペニスが硬直する。

「ああ、もう、しかたない！」

姉が用意した水泳パンツを、一気に穿いた。水着に包まれた勃起の先端が、ちょうど開いたハイビスカスを高く押しあげる。それがまた、恐ろしくかっこわるく見えた。

「もう、姉さん、趣味が悪いよ」

博人は両手で沸騰《ふっとう》する下半身を隠して、プールサイドに戻ってくると、三千代の姿がなかった。水面を背にして、真夏が競泳水着を密着させて堂々と立っているだけだ。

「姉さんは？」

「三千代なら帰ったよ。お姉さんに見られていたら、恥ずかしくていろいろできないでしょう」

「えっ、そ、そうですか」

真夏が両手でおいでおいでをしながら、博人の下半身へと熱い視線を向けてくる。

「三千代のことはいいから、どうしてパンツの前を隠してるのかな?」

「それは、あの……前が……」

「勃起してる?」

女性が『勃起』という単語を口にするのを、博人は生まれてはじめて聞いた。聞かされた博人のほうが、体温があがってしまう。

「はあ、その」

「わたしが水着になったときから、博人くんはずっと勃起したままだったよ」

(うわあ、やっぱり見られていたんだ)

「はいはい。勃起なんか気にしない。さあ、水泳の練習をしようか」

ふるん、と真夏が左右の見事な乳房を揺らして、博人の裸の肩をつかんだ。長年の水泳で鍛えた腕力で、男子高校生の体を水際へと押しだした。

博人の足の指先がプールの端から水面の上へ出た瞬間、喉の奥が無意識に痙攣《けいれん》して、老朽化した機械が壊れる寸前の音を絞りださせた。

「ひいっ!」

全身の神経の接続が切れて、筋肉という筋肉に液体窒素を注入されたように凍りつく。心臓の鼓動すら、静止したみたいだ。唯一機能している脳内では、幼い博人の体を押しつぶそうと襲ってくる膨大な水のイメージが無限に反復していた。記憶の底からあふれた黒い死の恐怖が、血管の一本一本に、神経の一筋一筋に、細胞の一個一個にずっしりと沁《し》みついた。

頭と股間を沸騰《ふっとう》させていた熱気が、たちまち冷えきった。博人の体内にわだかまる死の寸前までいった幼い記憶は、現在の性欲を打ち消すのに充分な魔力を持っている。水着のテントが完全にしぼんだ。

紅潮していた博人の頬から血の気が喪失していく様子を、真夏がじっと見つめていた。本気で同情する声が、博人の耳に入った。

「三千代から溺れたことは聞いたけど、本当に水が怖いのね」

人形が倒れるように、博人の体が後ろへギクシャクと退いた。できればもう一度スタートダッシュをしたいが、凍りついた足がゆっくりとしか動かなかった。プールの水が何本も触手を伸ばして、両脚に巻きついている妄想に囚われる。

「……すみません、真夏さん。やっぱり、ぼくには、水泳は絶対に無理です」

「そんなことはないよ。もっと体をほぐして、ゆっくりと水に慣れていこうよ」

博人は水面を見ないようにまぶたを閉じて、顔を左右に動かした。

「慣れるなんて、とてもできない」

「いいから、ちょっとだけ待ってて」

目をつぶった闇のなかで、足音が離れていくのが聞こえた。真夏の気配が遠ざかる。水際にひとりきりにされて、背筋に寒気が走った。

「真夏さん？　どこへ行ったんですか？」

三十秒もたたないうちに、また裸足《はだし》の足音が近づいてくる。いっしょに、さっきはなかったビニールがこすれるキュッキュッという音が連続した。

「はい、お待たせ」

まぶたを開くと、真夏が戻ってきている。両手をひろげて、博人とプールの間に立っていた。

「じゃーん！」

博人の知らないものが、真夏の身体にいくつも装着してあった。競泳水着と同じくウォーターブルーの小さな浮き輪が、左右の二の腕と太腿にはまっていた。さらに水着の腰に白いビニールのベルトを巻き、それにも小さな浮き輪を通して、身体の左右で揺れている。

「こういうの、見たことない？　泳げない人が補助に使うフロートよ。普通は足にはつけないものだけどね」

「でも、泳げる真夏さんがつけても、意味がないですよ」

「わたしは泳がないよ。博人くんを乗せる船になるの」

「えっ」

とまどう博人の体に、浮き輪まみれの真夏がしがみついてきた。しなやかで強靭《きょうじん》な両腕が背中にまわり、胸に雄大なバストが押しつけられる。ごくごく薄い繊維一枚を挟んで、博人の裸の胸に乳房が密着した。完璧な美球が、二人の間でつぶれて、平たく形を変えるのがとても艶めかしい。

溺れた記憶で冷めた頭が、また一気に高熱を孕《はら》んだ。博人は呆然として、抱きしめてくれた大人の美女の名前を呼ぶのが精いっぱいだった。

「ま、真夏さん」

「いくよ！」

「えっ？　うわあああっ！」

真夏が博人を抱いたまま床を蹴り、背後のプールへと後ろ向きに跳んだ。真夏もろとも、博人は恐怖の対象でしかない水のなかへ落下する。

大きな水柱が立ちあがる音に鼓膜を撃たれて、博人は脳が凍結するほど戦慄し、絶望した。二人して水底へと引きずりこまれて、死んでしまうのだ。明日の朝には、プールの底に青黒い死体が二つ沈んでいるのが発見されるに違いない。

「ほら、目を開いて」

幼い日のまま暗黒のなかで凝固《ぎょうこ》した博人の心に、真夏の生きいきとした声が涼風となって入ってきた。

「安心して。博人くんは溺れていないよ」

声に誘われてまぶたをあげると、博人は自分が水面に浮いているのを発見した。正確には、水面であお向けになって横たわる真夏の腰に、博人はまたがっているのだ。真夏の両手両脚とウエストの左右についた小型の浮き輪が、二人分の体重を支える浮力を生み、美しいインストラクターを生きたフロートにしている。博人は海水浴場でバナナボートに乗った若者という状態だ。

真夏は水面に寝そべったままパシャパシャと水をかき、博人を乗せてプールの端から中央へ向けてゆっくりと進みはじめた。

「ひいいいっ！」

博人は悲鳴をほとばしらせた。博人の体で水中に入っているのは、両脚だけだ。それでも真夏が岸から離れただけで恐怖に駆られ、無我夢中で自分の体を支えられそうなものを両手でつかんだ。

「わお。博人くん、大胆ね」

下から声が聞こえる。両手の指には、絶妙な弾力をしっかりと感じていた。

「あ、ああ」

博人の両手は、ウォーターブルーに染まった巨乳を握りしめていた。重力に拮抗《きっこう》して盛りあがった二つの乳房は、ともに男子高校生の手に余る大きさだ。十本の指の間から、柔らかい肉がふわりとはみだして、二十七歳の女体の柔軟さを少年に見せつけている。

「ま、真夏さん、これは」

自分の手がとんでもないことをしていると気づいても、博人は手を離せなかった。離したら最後、たちまちバランスを崩し、水中に落ちてしまうという強迫観念に縛られて、逆に握力を強くしてしまう。

「あんっ……」

水面に浮かぶ真夏の顔から、魅惑的な喘ぎがもれた。博人が生涯最初に聞く、テレビや映画ではない本物の女の嬌声《きょうせい》が、水の匂いと混じって立ち昇り、鼓膜を湿した。

真夏が放つ濡れた声が触媒《しょくばい》になって、博人の感覚に化学反応が起きた。巨乳をつかむ両手から体内へ、生々しい心地よさが伝わってくる。手で女体をつかんでいるだけで、計り知れない快感を得られると思い知らされた。乳肉のたまらない触感は夢のようだ。プールで死にかけたときから体内にわだかまる冷たい悪夢を溶かして、体の外へ蒸発させる熱い夢だ。

思い知らされた女肉の手触りに陶然とする博人の顔を、真夏が見あげてくる。

「あ……」

真夏の視線を浴びて、博人は一度は胸から手を離そうとした。途端に体が揺れて、水に落ちそうになり、また乳房を握る指に力を入れてしまう。

「す、すみません。怖くて、手を離せません」

「いいよ、博人くん」

真夏の短い黒髪が水面で海草のように揺らめく様子は、人魚か水の精霊を彷彿《ほうふつ》とさせた。船乗りを幻惑させるローレライとは逆に、水に濡れて漂う美貌は、水上の博人に安心感を与えてくれる。

「今のわたしは博人くんのボートだから、好きなように操縦していいよ」

「操縦って、どういうことですか」

「わたしの胸を、好きにしていいということ」

「好きに！」

真夏が放つ衝撃の言葉を聞いて、あらためて博人は自分の置かれた事態の異常さを実感させられた。

（ぼくは真夏さんにまたがって、プールに浮いてる。ぼくの股の下に、真夏さんの身体があるんだ！）

視線を自分の下半身へ向けると、しぼんでいた水泳パンツのテントが、いつの間にかまた高く張りつめている。オレンジ色のハイビスカスが今にも内側からはじけそうにつっぱっていた。

鮮やかな紺碧とオレンジ色のパンツの下には、ウォーターブルーの競泳水着に包まれた真夏の腹がある。たった二着の水着、ほんの二枚の薄い布を挟んで、博人の股間が真夏の腹に押しつけられているのだ。博人は内腿や睾丸で、はっきりと女の腹の柔らかさを感じ取っていた。

（す、すごい）

とだけしか、頭に言葉が湧いてこない。無意識に腰をわずかに前後に動かして、股間を真夏の腹へとなすりつけてしまう。博人の腰の動きが、ボートと化した真夏に伝わり、周囲の水面に波紋をひろげる。

小波《さざなみ》を伴奏にして、真夏はいたずらっ子のように愛らしく微笑み、さらに少年の背筋を蕩《とろ》かせる言葉を奏《かな》でた。

「早く、博人くん。わたしの胸をいじって」

新たな誘惑の音声に、博人の脳が痙攣《けいれん》する。どうして真夏がここまでしてくれるのか、という疑問が脳裏をかすめたが、検証する余裕などありえない。

「真夏さん、ああっ！」

水面下で真夏の両手が動き、博人の左右の脚をさすった。興奮して敏感になっている皮膚を指先でなぞられるだけで、神経を昂《たかぶ》らせる薬を注射されたようだ。博人は乳房をつかんだまま、体を前に倒した。

今の今まで恐れつづけていたプールの水面が、顔に近づいてくる。激しく昂って乱れた頭のなかで、恐怖はどこかいってしまっている。近づけた真夏の美貌へ、博人はうわずった声をぶつけた。

「キ、キスしてもいいですか」

口にしてから、自分の言葉の意味に気づいた。

(うわ、うわ、いきなり、なにを言ってるんだ！　キスなんて、無理に決まってる！)

「いきなりね、博人くん」

返答とともに、吐息《といき》が博人の興奮で引きつった顔へかかった。呼気の香りが鼻腔をくすぐるだけで、水泳パンツのなかの勃起が蠢《うごめ》いた。さらなる吐息をともなって、真夏の言葉がつづいた。

「このまま、キスしてほしいな」

「い、いいんですか」

「してほしいと言ったよ。キスを」

博人は不安定な体勢で、さらに体を倒した。裸の胸が、握っている乳房にぶつかる。握力で盛りあがりを高くした乳球が、少年の胸に押されてたわむ。

(唇が触れそうだ。ああ、するぞ。はじめて、キスするんだ!)

博人の唇が、チリチリと熱くなる。

二人の水に濡れた唇が触れ合った。

「んっ!」

「うんっ」

博人の驚きのうめきと、真夏の歓びの喘ぎが重なる。柔らかすぎる感触が、博人の唇をじっとりと浸した。なにも考えられなくなり、ただ真夏の唇に触れた感激を呑みこもうと懸命になる。胸の奥で感激の言葉が閃いたのは、何秒も過ぎてからだ。

（キスしてる！　ぼくの、ぼくのファーストキスだ！）

自分もいつかはキスをするときが来るだろうけど、それはかなり先のことだと考えていた。ましてや十歳も年上のスポーツ美女が最初の相手になるなど、想像したこともなかった。

ただ唇を触れさせるだけのキスが長くつづいたあとに、博人は唇を離して、顔をもたげた。目の前で、どこかで見たヨーロッパの名画のように、美女の顔が水面で揺れている。本当は夢ではないか、と疑わせるのに充分な不思議な光景だ。

「次は、わたしの胸を揉みながらキスして」

「え、あ、あの、はいっ」

真夏に言われるままに、焦って両手を動かした。柔肉を握っていただけの指を、粘土をこねるように使いはじめる。

指の動きに合わせて、競泳水着の薄膜に包まれた大きな乳房は、自在に形を変えた。力を入れると、指が柔らかい乳肉の奥へと入っていく。しかし美豊乳はすぐに思いがけない張りを発揮して、指が押しかえされる。柔軟さと弾力の絶妙なハーモニーが、博人の指と手のひらに最高の揉み心地を与えた。

（なんて気持ちいいんだ。女の人の胸を揉むのは、こんなに気持ちのいいものだった

のか）

驚嘆する博人の指の神経に、ペニスの神経が直結した。指に乳房の魅力を感じるたびに、水泳パンツが内側から押されて、もの欲しげにひくついた。キスしてと言われたことも忘れて、最高の乳房を揉む官能に没頭する。

真夏もキスが忘れられていることを口にしないで、胸へのぎこちない愛撫に身をまかせ、心地よく頭をのけぞらせた。

「あんっ」

額《ひたい》まで水に沈みかけて、喉に小波《さざなみ》がかかる。水音とともに、真夏の唇から喘ぎ声がこぼれた。

「ああっ……うん……」

唇がわずかに開き、白い前歯がのぞいた。歯の奥で舌が身悶えているのが見える。

博人は両手を休まずに動かしつづけながら、聞かずにはいられなかった。

「真夏さん、胸が気持ちいいんですか？」

真夏の目が、顎を撫でられた猫みたいに細くなる。

「うん、気持ちいい、んふっ！」

笑い声と喘ぎが混じった音色とともに、抜群のプロポーションの周囲で小さな波音が連続した。

博人は、小刻みに上下する水面が、自分の両脚を洗っていることに気づかなかった。湧き起こる疑念に身を焦がし、問いたださなくてはいられない。

「ぼくの手でも、気持ちいいんですか。女の人の胸を触るのは、今がはじめてなのに、本当にいいんですか」

「女の気持ちよさは、男よりも複雑なの。十歳も年下の男の子が、わたしの胸に夢中になっているのを見ているだけで、気持ちよくなれる。んっ、だから博人くんに胸を揉まれるだけで、身体中が痺れちゃう」

真夏の言葉の一音一音が、博人の股間を撃った。水泳パンツのなかで硬直したペニスの奥を、射精にも近い感覚が何度も走る。実際に放出しているわけではないが、腰が前後に動いてとまらない。巨乳を揉み、絞り、こねる指の動きも自然と激しくなる。

「あはっ、博人くん、よく見て。博人くんに揉まれたおかげで、乳首が勃《た》ってきちゃった」

「ええっ！」

博人の指がとまった。あわてて目を凝《こ》らすと、プールに浮かぶウォーターブルーの二つの丸い山の頂点に立つ突起が、はっきりとわかる。もともと極薄の競泳水着の表面に、乳首の形は現われていた。しかし乳房を握る指の間から顔を出している突起は、明らかにサイズが変化している。

「わたしの乳首、どうなっているのか、わかる？」

逆に真夏に質問されて、博人の顔が赤く染まってしまう。

「あの、プールサイドで見たときよりも、高く、太くなっているみたいです」

「そう。博人くんの愛撫が気持ちいいから、勃起しちゃった」

「勃起って、そんな言葉を」

「女が使ったら幻滅？」

「い、いえ、幻滅なんて」

「早く、真夏の乳首をつまんで、もっと気持ちよくして。お願い」

「はいっ！」

指と手のひらを乳房の裾野にそってすべらせ、競泳水着を押しあげる先端に到達した。博人の指先に、乳肉の柔軟さとは明らかに異なる、もうひとつの女体の感触が伝わる。生きた電極に触ったように、驚きと畏敬の声をあげた。

「ああっ！」

「ああんっ！」

タイミングを合わせたかのように、真夏も艶めいた悦びの声をあふれさせる。両脚が上下に動き、バタ足で真夏自身と上に乗る博人を前へ進ませていく。

「乳首をちょっと触られただけで、すごく感じちゃった」

「そ、そんなに感じるんですか」

「わたしの胸は、こういうシチュエーションにとても敏感なの。乳首に触れてどうだった?」

「えっ、あの、えっと、硬くなってました」

しどろもどろになる博人の顔を、真夏は楽しんでいる。

「それが、わたしが博人くんに気持ちよくされた証拠よ。ねえ、つづけて」

「はい!」

博人は左右の勃起乳首を集中して責めた。親指と人差し指でしこり立った乳筒をつまんで、幼児の頃の粘土遊びで玉をいくつも作ったようにこねまわす。

「ああっ、それ、いいっ! ううんっ!」

それからは、真夏は意味のある言葉を口にしなかった。

「んふっ……あっ……あああ」

博人の意識を蕩《とろ》かせて股間をたぎらせる喘ぎ声を、真夏は何度もあふれさせた。意味を失った言葉の代わりに、博人の両脚を水泳インストラクターの指が這いまわった。

少年の濡れた膝や太腿の表面を、十本の指が意志を持った生物のように動き、緩急のリズムをつけて強くつかんでくる。

「あうっ、真夏さん」

博人は何度もうめいた。太腿に握力を加えられるたびに、裸の背中がそりかえり、無意識に切羽つまった声で真夏の名前を呼んでしまう。

「真夏さん……あっ、真夏さんっ！」

二人の喘ぎ声のデュエットの伴奏として、真夏のバタ足が起こす水音が繰りかえされた。博人にとって恐怖心を呼び起こす旋律だった水音が、今だけは甘美な音色に聞こえた。

「あああ、すごく気持ちいい。博人くん、もう一度、キスして」

そう言われて、博人はキスをするはずだったことを思いだした。乳首をこねながら、再び体を前へ倒していく。生涯二度目の唇の感触に包まれる。

「んうっ」

「はんっ」

博人の太腿がひときわ強く握られる。スポーツウーマンらしい短く切った爪が、鍛えられていない大腿筋に食い入った。

（痛い……痛いけど、気持ちいい）

知らなかった不思議に快い感覚に、博人は酔った。うっとりとする男子高校生の唇が、温かくぬるぬるしたもので割り開かれた。

「うんっ!?」

一瞬の驚きのあとで、口内に侵入しようとするものが真夏の舌だと気づいた。眼前の真夏の顔は乳首をしごかれる快楽に浸って、まぶたをつぶり、頰を朱に染めている。愉悦に酔った表情を見せているのに、舌は的確に博人の歯茎を舐めまわしてくる。

「んんんっ！」

（口のなかを舐められるのが、こんなに気持ちいいなんて！）

しっかりと重なった二人の唇の隙間から、少年と大人の女の吐息《といき》がからまり合ってもれだす。

「ふうっ、んんんふっ……」

「むう、あっんん……」

舌に、侵入者が巻きついてくる。乳首をしごかれる悦びを伝えるように、真夏の舌が少年の舌をしごいた。

博人は口のなかから自分の魂を引き抜かれそうな気持ちになる。口内で次々と生まれる悦楽に駆られて、乳首と乳房をまとめて握りしめた。

「はううっ！」

真夏の首が大きくのけぞり、唇が離れた。博人の目の前で、真夏の顔が舌を伸ばしたまま、水面下へ没する。水中で、口のなかから泡がいくつも出た。明らかに恍惚《こうこつ》とした表情が、小波《さざなみ》の下でゆらゆらと揺れている。

このまま真夏が溺れるのでは、と博人が不安に駆られたときになって、美貌が水面を割って持ちあがった。

文字通りに濡れた瞳を博人に向けて、女インストラクターははっきりと告げた。

「イッちゃった」

唇から流れる水とともに出た言葉に、博人は耳を疑い、思わず聞きかえしてしまう。

「ええっ！　でも、胸だけで⁉」

イケるんですか、とは恥ずかしくて言えなかったが、意味は通じた。真夏の水滴をたたえた美貌が微笑む。

「女は複雑だと言ったでしょう。最高の絶頂ではないけど、軽くイッたの。相手と波長が合うと、胸を揉まれて、舌をからませるだけでも、身体は極まっちゃうものなの。

博人くんはとってもいいパートナーよ。さあ、今夜はこれであがろう」

「え」

博人は自分の片足が、プールの壁についていることに気づいた。いつの間にか跳びこんだプールサイドの反対側に来ていた。博人を乗せた真夏が、バタ足で進んで、プールを横断したのだ。

真夏にうながされて、博人は水中に落ちないように注意してプールサイドへ移った。手足と腰につけた浮き輪のせいで動きにくそうな真夏にも手を貸して、引っぱりあげてやる。

真夏が身体から浮き輪をはずしながら、すっきりとした顔を博人へ向けた。

「シャワーを浴びてから、博人くんが泊まる部屋に案内するよ」

「あの、本当に、これで終わりですか」

「そう」

真夏の視線が、博人の水泳パンツの盛りあがりを射抜いた。実際に高熱を持った肉体を触られた気がして、博人は痺れる腰をもじつかせてしまう。

「わたしばかりイッちゃって、ずるいと思ってる?」

図星を突かれて、博人はあせって首を振った。

「そんなことはないです」

そう答えてみても、内心は正反対のことを考えている。

(真夏さんがもっとすごいことをしてくれると思っていたのに。こんなの本当に生殺しだよ)

「不満そうだね。だけど、こういうことは待たされて、焦らされたほうが、歓びが大きくなるものなの。それとも、今すぐひとりでプールに跳びこんでみる?」

またも博人は激しく首を左右に動かした。動作は同じでも、意味が違う。まだ水への恐怖は消えてはいない。プールに入るなど、とても無理だ。

「ねっ。今日の練習はこれまで」

真夏が平手で博人の背中を叩いた。二人きりしかいない屋内プールの贅沢《ぜいたく》な空間に、威勢のいい音が反響した。

☆

「博人くんはあっちね」

シャワー室の前で、真夏が指差した。その先には、壁に描かれた黒い水泳パンツ姿の男の絵がある。反対側の壁には、ピンクの女の絵だ。

「別々のシャワー室を使うんですか?」

博人の疑問に、インストラクターがきっぱりと断言した。

「あたりまえよ。男と女が同じシャワー室を使ったら、おかしいよ」

「プールではあんなことをしたのに」

「プールは男女共用だけど、シャワーは違うよ」

「それは、そうですけど……」

釈然としないまま博人は真夏に背を向けて、男性用シャワー室のドアを開けた。その背中に、力強い声がかけられる。

「博人くん。オナニーはだめだからね」

「えっ！」

仰天して振りかえった博人に、真夏の笑みがまぶしい。ほがらかなくせにいじめっ子じみた笑顔のなかから、鋭い視線が少年の股間へ注がれている。水泳パンツは変わることなくはっきりと盛りあがったままだ。

「シャワー室でオナニーするつもりなんでしょう」

「そんなこと、しないです」

と博人は声を張りあげたが、実際にはシャワー室のドアを閉めた途端に、全力でしごくつもりだった。真夏の女体の柔らかさを知り、艶めかしい嬌態《きょうたい》を目の当たりにしたのだ。一度は性欲を形にして放出しないと、男として収まりがつかない。

「わたしが見ていないところで、ひとりエッチをするのは禁止。もしもこっそりとオナニーしたら、もう相手はしないからね。隠れてやっても、三千代が調べれば絶対にばれるよ」

博人の目つきがけわしくなり、真夏をにらみつけた。胸の内で性欲と怒りがひとつになって、入道雲のように大きくなった。

（こんなムチャクチャなことを命令されて、黙って従えるものか！　ぼくを煽《あお》ったのは真夏さんなんだから、今すぐ責任を取ってもらわなくちゃ！）

自分が真夏に跳びかかり、押し倒して水着を剝ぎとるイメージが、頭に浮かんだ。ペニスの疼きが、妄想に反応する。真夏はキスして、巨乳まで揉ませてくれたから、それ以上のことをしても文句は言わないはずだ。

だが、すぐに別の自分の声がツッコミを入れた。

（おいおい、そんなこと、できるわけがないよ）

声とともに、真夏相手にレイプまがいの想像をした罪悪感が、怒りよりも大きくなった。

（エロ漫画や小説じゃないんだから、ひどいことはできないよ）

自然と吊りあがった眉がさがり、瞳から怒りの光が消失した。とはいえ体内で渦巻く欲望は消えたりしない。真夏への欲望をかなえる方法は、今はひとつしか思い浮かばなかった。

(真夏さんの言葉に従うしかないな)

「自分ではしないです。絶対にしませんから」

「素直でよろしい。インストラクターの言うことは、きちんと聞かないとね」

真夏と別れて、ひとりきりでシャワーを浴びると、どうしても自分の勃起が目に入った。哀れな分身を自分の手で慰めてやれないと思うと、せつなくなってくる。シャワーの飛沫《しぶき》が包皮をかぶった亀頭に当たると、それだけで感じてつい腰が引けてしまう。こんなことでうっかり射精してしまったら大変だ。

タオルで体を拭くときも、できる限りペニスを刺激しないように努力した。

ようやく勃起が収まった体に、着替えとして用意されたトランクスと白いアンダーシャツ、真夏も着ていたスポーツフロンティアズのロゴ入りジャージの上下を身につけた。アスレチックセンターのなかでは一番自然なスタイルだろう。

とはいえ更衣室の壁の鏡に映った博人のジャージ姿は、いかにも着慣れていない雰囲気を醸《かも》しだして、日曜日のお父さん的なだらしなさが見えてしまう。鏡の前で、野球やサッカーやボクシングの振り真似をしてみた。

「うわー、似合ってないなあ」

苦笑してシャワー室を出ると、廊下には競泳水着からジャージ姿に戻った真夏が待っていた。博人と同じデザインのものを着ているのに、真夏は精悍《せいかん》で格好よかった。

しかし博人の目はスポーツウーマンのたくましさに感心するよりも、やはりジャージを突きあげる胸の隆起を観賞してしまう。両手に薄膜越しの巨乳の感触が甦り、一度は鎮めたペニスが、また勝手に硬度を取り戻した。

「博人くん、まだまだ元気ね」

真夏がなにを指摘したのか、博人にも明瞭にわかる。ジャージの股間のつっぱりを自分でも感じた。

「さあ、水巻アスレチックセンター自慢の宿泊室に案内するよ」

真夏に連れられて廊下を歩き、エスカレーターに乗って、フィットネスジムの上の階へ移動した。広い廊下に、同じデザインのドアがいくつも並んでいる。

「ここが博人くんに住んでもらう部屋よ」

と真夏が手にした鍵を、ドアのひとつのノブに挿《さ》しこんだ。ドアの表面には『前畑の間』と記されたプレートがあった。

博人はアスレチックセンターの宿泊施設と聞いて、運動部の合宿所のような簡素な部屋をイメージしていた。汗臭い運動部員たちが並んで寝るだけの、なにもない部屋だ。

開いたドアの向こうにある部屋は、想像とはまったく対照的で、高級ホテルと言われても不思議はなかった。広くて、明るくて、清潔な室内には、大きなプラズマテレビやオーディオ機器、冷蔵庫にゲーム機などが置いてある。

博人の目がとまったのは、ベッドだった。

大きなベッドがひとつしかない。

それなのに部屋にあるソファは二脚。つまり二人分。

「なんだか、ベッドがすごく大きい気がするんですけど」

「当然。わたしと博人くんが寝るダブルベッドなんだから」

「えええっ！」

「三千代がいっしょにいろと言ってたじゃない」

「姉さんはそう言ったけど、いきなり同居なんて。しかもひとつのベッドでなんて」

驚く博人の視線を浴びて、水泳インストラクターは悠然と微笑んでいた。

☆

まだ夜も早い。博人と真夏は部屋で夕食をとり、いろいろと話し合った。

普通の男子高校生として、博人は家族や教師以外の大人の女性と長く話す機会はあまりない。こうして言葉を交わしているだけでも、うきうきした楽しさに包まれる。

真夏から聞かされる大学生時代の三千代のエピソードは、弟としても驚いたりあきれたりすることばかりだった。研究のことしか考えない姉の性格は、大学でも遺憾《いかん》なく発揮されて、いろいろ騒動を起こしたらしい。退学にならなかったのは、三千代がきわめて優秀で、大学の名前を高める研究成果をいくつも発表したからだ。結果として学内で野放しになっていたようだ。

「あっ、もう十一時になっちゃった。そろそろ寝ようか」

ベッドサイドの目覚まし時計に目をやって、真夏が口にした。

博人の口からは、言葉ではなく心臓が飛びだしそうになる。

「え、もう寝るんですか」

「だらだらと深夜番組なんか見てるのは不健康なの。わたしが高校生のときは毎朝五時に起床して、ジョギングしたんだから」

「やっぱり体育会系なんですね」

「元オリンピック候補なんだから、あたりまえ」

真夏がソファから立ちあがり、いきなりジャージのファスナーをおろした。屋内プールのときと同じく、またウォーターブルーの布が現われる。

しかし現われたのは水着ではなく、無地のTシャツだった。競泳水着の密着感はないが、やはり青い布が前に突きだして、バストの大きさが強調される。胸の先端に乳首が浮かんで、ブラジャーをつけていないのがはっきりとわかった。

博人はソファに腰かけたまま、まばたきも惜しんで真夏の着替えを見つめた。ジャージから再び出現した乳房の圧倒的な球面と、乳首の立体的なシルエットは、博人の視線をつかんで離さない。

(何度見ても大きいなあ。あの巨乳を揉んでいたなんて、信じられない)

博人にじっと見られていても気にしないで、ジャージのパンツも無造作におろされた。博人は股間をわずかに隠すビキニショーツの出現を期待した。

実際に真夏が穿いているのは、ゆったりしたショートパンツだ。Tシャツと同じウォーターブルー。

「セクシーランジェリーでなくてごめんね。寝るときはゆったりしたいからね。博人くんはジャージで寝るつもりなの?」

言葉が終わらないうちに手が伸びてきて、博人の胸のファスナーがおろされた。

「なにをするんですか。うわっ」

抵抗する間もなく、博人はアンダーシャツとトランクスに剝かれた。頰が緋《ひ》に色づく。水泳パンツ一丁よりも肌の露出は減ったのに、下着姿だと思うと恥ずかしくてしかたない。

博人の羞恥心を読んで、真夏がニマッと笑う。

「女の前で下着になるのも、すぐに慣れるよ。大人への第一歩ね」

「真夏さんもよくなるんですか？」

真夏は答えずに、さっさと部屋の洗面台に向かうと、歯を磨きはじめた。ゴシゴシとした激しい磨き方ではなく、時間をかけてゆっくりと歯ブラシを動かしている。

「博人くん、毎日、寝る前に歯磨きしてる？　夜に時間をかけて磨くのが一番効果的よ。歯の嚙み合わせが悪くなると、身体能力だけでなく脳の働きまで大幅に落ちるよ」

博人も真夏の隣りに立って、歯ブラシを口に入れ、真似《まね》をしてじっくりと動かした。視線は、鏡に映る真夏のノーブラの胸が、歯磨きのリズムに合わせて揺れる様子に集中している。

いつもの何倍も手間をかけてていねいに歯磨きを終える頃に、真夏が先にベッドへ向かった。勢いをつけてジャンプして、真夏の身体がプールに跳びこむように胸からベッドの上へ落ちた。一度バウンドしてから、くるりと転がってあお向けになる。

真夏は両脚の間を少しひろげた。ウォーターブルーのショートパンツの裾には余裕があり、太腿の奥がのぞけそうになる。

「早く寝よ」

と博人へ手を振る。ひらひらと動く手よりも、巨乳の右側に空いたベッド上のスペースが、高校生を誘っていた。

(真夏さんといっしょに、ベッドに入るんだ)

そう思っただけで、頭が熱くなる。トランクスが勝手に突っぱった。とても自分の意志では制御できない。同時に、あらためて疑問も頭をもたげた。

「真夏さんといっしょに寝ても、今夜はなにも起こらないんですよね」

「そうね。明日のプールのお楽しみを倍増させるための、前ふりというところかな」

「姉さんの実験に付き合うのはわかるけど、どうしてそこまで、ぼくにしてくれるんですか？」

「もしかして、わたしが三千代に弱みを握られて、無理やりエッチなことをさせられている、なんてエロ漫画みたいなことを想像してる？」

「いえ。姉さんは研究バカだけど、性格はまっすぐだから、他人を脅すことはしない。弟のぼくを除いては」

「その通りよ。わたしは脅かされてなんかいない。わたしは好きで、博人くんにエッチなことをしてるの」

真夏の右手が、ベッドの空いたところをポンポンと叩いた。こっちへ来いということだ。博人も真似をしてベッドに跳び乗る。好きでやっていると聞かされて、気が楽になった。

ベッドの上で跳ねる博人の体を、真夏の右手がしっかりと押さえつけた。博人の左手の肘が真夏の脇腹に触れる。柔らかい感触を味わい、少年の心臓が高鳴った。

大きなベッドの上で十歳の年齢差のある男女が並んで横になると、真夏が話をつづけた。

「わたしが現役の水泳選手だったときのコーチが、わたしに言ってくれたよ。『真夏は淫乱だ』って」

「淫乱！」

とんでもない単語をぶつけられて、一度はゆるんだ博人の体がこわばった。現実で耳にするには大仰すぎる言葉だ。

「十代の頃のわたしは、真剣に水泳に打ちこんでいたのよ。オリンピックにも本気でいきたかった。実際に日本チームに選ばれた人たちにも負けていないつもりだった。その頃は胸もあまり育ってなかったしね。でもね、違ったの」

真夏が芝居がかった仕草で肩をすくめた。

「オリンピックに出る人は、精神が違う。あの人たちは、青春時代のすべてを水泳だけに費やす覚悟と信念を持っていた。恋愛や他の楽しみを躊躇《ちゅうちょ》なく捨てられる人たちよ。わたしにはその決意ができなかった。夜中に全日本の強化合宿所を脱けだして、デートをしているところをコーチに見つかって、『おまえは淫乱だ』と怒鳴られちゃった。なんというか、抑えきれない青春の情熱がほとばしってたのね」

(デートで淫乱なんて、真夏さんはなにをしていたんだろう？　なにがほとばしっていたのかなあ？)

博人は内心首をひねったが、口にする気にはなれなかった。

「まっ、そういうわけで、わたしは選手であることを捨てて、自分の欲望に忠実に生きる人生を選んだのよ。そのおかげで、現役引退をしてから急に胸も育っちゃった」

(なにが、そういうわけなんだろう？)

また博人は胸の内で首をかしげたが、やはり表には出さなかった。

「だから、わたしにとっても明日のプールが楽しみよ。必ず水を怖がらないようにしてあげる。そのためにも、今夜はぐっすりと眠りましょう」

真夏の手がベッドサイドに伸びて、室内の蛍光灯のスイッチを切った。オレンジ色の常夜灯を残して、室内が暗くなる。

暗闇のなかで、ごく自然に真夏の右手が博人の左手を握った。真夏はなにも言わなかったが、握られた博人のほうはただではすまない。

(こ、これ、恋人同士みたいだ!)

「あの、真夏さん、これは」

答えは得られなかった。博人の鼻息が荒くなるのとは対照的に、闇のなかから早くも安らかな寝息が聞こえてきた。

「寝つきがいいなあ。これも一流のスポーツ選手の条件なんだろうか」

常夜灯の淡い光に目が慣れてくると、枕の上で安心しきった顔ですやすやと眠る大人の美貌を眺められた。無防備に眠る女にちょっかいを出す勇気など、博人にはないと断じているらしい。

それは博人にとって、いやになるほど真実だ。ベッドの上で異性と手を握り合う感触と、闇のなかの寝息と、わずかに伝わってくる体温だけを貪《むさぼ》るしかできない博人だった。

たったそれだけの刺激でペニスはいきり立ち、もてあましてしまう。下半身の疼きに誘われて、ついつい明日のプールで行なわれるもっとすごいことをいろいろと想像して、さらに勃起を持続させるという悪循環を繰りかえした。

今夜は、睡眠をとれる自信がなかった。

特訓2～ご奉仕 唇と胸の味を教えてあげる♥

真夏が言った通りに、博人は早くに起こされた。夏休みに入ってからの博人は、毎日深夜放送の映画を観たり、積んであったミステリー小説を読んで夜更かしして、昼近くまで布団から出ない生活をしていた。自分でも自堕落だと思うが、改める気はさらさらなかった。

ある意味それなりに規則正しい生活習慣が、真夏の元気溌剌《はつらつ》な声であっさりと破られた。

「はい、起きて、起きて！　朝にだらだらすると、一日だらだらしちゃうよ！」

シーツをまくりあげられ、博人のまだ半分眠った体が、真夏の目にさらされる。完全に目覚めている真夏が、うららかに笑った。

「さすがに十代は元気ね。立派な朝勃《だ》ち!」

「おわあ!」

博人はあわてて起きあがり、両手でトランクスのつっぱりを押さえた。

「おはよう。その元気を、朝のトレーニングで発散しようか」

「トレーニング?」

博人はベッドサイドの目覚まし時計を見た。針が午前六時という信じられない時間を指している。アラームも六時にセットしてあるが、音を聞いてないから、真夏が鳴る前に起きてとめたのだろう。

「まだ早朝ですよ」

「それがいいの。さあ、お客さんが来る前に、アスレチックセンターの敷地を走るからね」

「えええええええええ」

『げんなり』という言葉を、博人の顔が体現した。

☆

博人と真夏は一日中、宿泊室のなかでほとんど二人だけでいっしょに過ごした。

朝食の時間に宿泊室にやってきた三千代の説明によれば、博人の体から出る物質の効果を計測するためには、できる限り博人と真夏が他の人たちと接触しないことが必要だというのだ。三千代の今回の研究はスポーツフロンティアズの上のほうに通っていて、真夏は勤務扱いで博人と遊んでいることになった。

真夏の希望で、宿泊室には簡単なアスレチックマシンが搬入された。博人も運動に付き合わされて、日頃は動かさない筋肉を伸ばしたり縮めたりして、ヒイヒイ言うことになった。

博人は将棋《しょうぎ》とチェスをリクエストした。本当はテレビゲームのソフトが欲しかったのだが、真夏がいやがった。博人はハンデをつけて対戦して、何度も真夏を打ち負かした。

真夏は一日部屋に閉じこもっていることに早々と飽きていたが、博人はそれどころではない。ストレッチで背中に激痛が走る間にも、真夏の胸の揺れが気になる。チェスの次の一手を考えようとしても、目の端で伸びる太腿が邪魔をする。これだけ気が散って勝てたのだから、真夏もよほど下手なのだろう。

水巻アスレチックセンターの営業が終了して、利用客が帰り、ほとんどの職員たちも帰宅してから、博人と真夏は屋内プールへ向かった。

昨夜と同じく、二人は水着でプールサイドに立った。

博人のほうは三千代が置いていった新品のトランクスタイプ。なにを考えているのか、青地に図鑑のイラストをコピーしたようにリアルな鮫《さめ》の模様を描いてあった。

真夏は昨夜と同じウォーターブルーの競泳水着だ。

スポーツウーマンのたくましさと大人の女のセクシーさが見事に共存するボディを、水色の薄膜がぴっちりと覆う姿は、全裸よりも魅惑的だ、と博人は思う。もっとも写真でしか、女のヌードを見たことはないのだが。鍛錬をつづけた筋肉に支えられた豊満な乳房は、博人の崇拝にも近い欲望の視線に炙《あぶ》られて、ツンと前へ突出している。

二個の巨肉球の先端には、一日前に博人がしごきつづけてイカせた乳首がポッリと浮いている。男子高校生を悩ませる突起は、記憶に残っているサイズよりも少し縮んで、今はおとなしく見えた。しかし真夏がひとたび歓喜に身をまかせれば、またあのときの大きさと硬度と敏感さを取り戻すだろう。

競泳水着ならではのハイレグは、水色の逆三角形を描いて、真夏の股間を強調させている。締まった腹と、露出したたくましい左右の太腿に挟まれた部分が小さな丘を形作り、表面に一本の縦の筋を刻む。未経験の博人にとっては、この世の神秘がつまっている謎の空間につづく谷間だ。

昨夜と違って、博人は最初から恥ずかしがることなく、真夏の鮮烈な肢体を凝視《ぎょうし》した。もう股間がパンパンになっているのも隠さない。お互いに承知のことだ。

真夏は、少年の欲望に満ちた視線を浴びることを喜びにして、堂々と胸を張り、大股でプールへ進んだ。水着が貼りついた豊かな尻たぶが、リズムを刻んで上下に動くのを、博人は息を呑んで眺めた。

真夏はプールの端に来ると、博人が絶対にできなかったことを簡単に実行した。まるで自分の家に入るように、ごく自然に水中へ身体を沈めたのだ。

宿泊室で聞いたのだが水巻アスレチックセンターには複数のプールがあり、スキューバダイビングも可能な水深のプールもある。ここは泳げない博人のために選んだ、足のつくプールだ。

水中に直立した真夏の巨乳が、水面下に隠れている。わずかな水の動きに合わせて、ウォーターブルーの二つの乳山の上部が、現われては沈んだ。

「来て、博人くん」

水しぶきをたてて、真夏の両手が水面の上に伸びた。シンクロナイズドスイミングの一場面を見ているようだ。博人は素直に思った。

(綺麗だ。真夏さん、人魚みたいだ)

「博人くん。こっちへ来て！」

「でも、プールに入るのはまだ……」

怖い。昨日の夜にボートとなった真夏に乗り、プールを横断して、再び上陸したときには、もう水は平気かもしれない、と思った。

間違いだった。水辺を歩くのは平気になったが、プールに入ると考えただけで、筋肉がこわばってしまう。

博人の表情がひきつる様子を、真夏もしっかりと観察していた。

「大丈夫よ。なにもプールに跳びこめなんて言わないから。わたしが立っている前のプールの端に座ってくれればいいの」

「それくらいなら……」

博人はぎくしゃくした歩調で、水中に立つ真夏へ近づいた。普通に歩くよりも遅いスピードで水面に接近すると、体内の血液が冷えていく。脊髄《せきずい》に黒い氷柱を突き刺された気がする。

水のなかから真夏が両手を差しだして、少年の両脚のふくらはぎに触れた。博人は巧みに誘導されて、プールの端に腰をおろした。左右の膝から下が水中につかる。

博人は足に触れる水面から顔をそらし、天井の鋼鉄の梁《はり》を見あげた。両脚の膝の前から、真夏の声が聞こえてきた。

「どう？　やっぱり怖い？」

我《われ》ながら情けないと思いながら、博人は答えた。

「はい……怖いです」

「それじゃ、怖いのを忘れることをしてあげる」

「え」

真夏の両手が力をこめて、扉を開くように、博人の膝を左右に押しひろげた。

「ああっ！」

右の内腿に、水とは異なる濡れた感触が這った。

水よりも粘つき、水よりも温かい。

あわてて顔を天井から自分の下半身へ向けると、開いた両脚の間に真夏の顔がある。

真夏は舌を伸ばして、ねっとりと右腿を舐めまわしていた。

「真夏さん、なにを、うあっ！」

真夏の顔が内腿に押しつけられ、唇で強烈に吸引された。足の肌を吸われるという考えたこともない感覚に、博人の体がビクンッと震えて反応する。

「なにをするんですか！」

「なにって、決まってるわよ」

と話す間も、唇を博人の皮膚につけている。真夏が声を出すたびに、微妙な刺激が内腿をつついた。

「プールですごいことをしてあげるって、約束していたでしょう。それが、これよ。昨日からずっと我慢していた射精をさせてあげる」

博人は言葉を出せなかった。もちろん、昨日の夜から今の今まで期待し、熱望していたことだ。この一日の真夏の様子から、確実にしてくれる、と信じていた。

しかし声に出して言われると、かなりの衝撃があった。屋内プールには自分たち二人しかいないとわかっていても、思わず周囲に視線をめぐらせてしまう。

「きょろきょろしなくても、わたしたちしかいないよ」

身体を水中に入れた真夏が、両手の指を博人の左右の太腿に走らせた。昨夜の博人に巨乳を揉まれたおかえしとばかりに、緩急をつけて太腿が揉みこまれる。やっていることはただのマッサージかもしれないが、口づけで昂《たかぶ》った下半身には、刺激が強すぎた。もともと硬くなっていたペニスが、さらにガチガチになる。疼きを通りこして痛いほどだ。

より高く突きあげられた水泳パンツに、真夏が美貌を埋めた。

「ほあっ」

水着の布越しに、鼻や唇が勃起ペニスの腹に押しつけられる。真夏の競泳水着ほど極薄ではないが、美女の顔の感触は充分に感じとれた。

「こうされちゃったら、博人くんはどうする?」

仮定の質問をしたときには、真夏はもう舌で肉茎の裏側を根元から舐めあげはじめていた。直接ではないにしろ、生まれてはじめて男の性感帯を女に刺激される悦びは、博人の知るどんな言葉でも表わせない。ただうわずった声をあふれさせるだけだ。

「ひっ、あ、ふあああ」

「はっきり言ってよ、博人くん」

真夏が首をひねって、水着の上からペニスの幹を横咥《よこぐわ》えした。顔を上下に動かされ、唇で肉棒の側面をしごかれる。水泳インストラクターの両手も休まず、熱を持った太腿も執拗《しつよう》に愛撫されつづけていた。

「わたしの口でしゃぶられるのは、気持ちいい?」

「あっ、ああ、んんん」

博人は喘ぎながら、首をガクガクと何度も上下に動かした。ペニスから湧きでるはじめての快感に浮かされて、プールサイドの上で少年の尻がひとりでに踊る。股間から発した甘美な電流が、何度も両脚に走り、激しくばたつかせる。真夏の左右で、大きな水音が鳴った。

身悶える博人の股間を舐めしゃぶりながら、真夏は執拗に言葉を求めた。

「言うの、博人くん」

舌の動きがいっそう激しくなり、水泳パンツの中心が唾液でどろどろになった。博人の体内に蓄積する悦楽もどんどん大きく、さらに重くなっていく。

「はじめての気持ちいいという言葉を、わたしに聞かせて」

「んっ、んっあああ、真夏さん、ぼくは、ぼくはっ!」

博人の顔がより激しく左右に動く。頬が引きつり、唇が震えた。

「ぼくはなんなの、博人くん」

「ぼくは」

「なんなの!」

真夏は大きく口を開き、それまでわざと触れなかった亀頭を一気に口に吸いこんだ。鮫《さめ》を描いた布と自前の皮に包まれた、博人の最も敏感な部分が、水泳インストラクターの唇と舌で絞めつけられる。

「はひいっ!」

幹の部分とは比べものにならない強烈な快感が炸裂して、博人の体が跳びあがった。

「気持ちいいっ！　真夏さん、気持ちいい。気持ちよくて、もう、ぼくは！」

昨夜からずっと求めつづけた感覚が、腰の奥で爆発した。焦らされつづけた精巣が水門を開き、待ちに待った精液が流れだす。

「うあああああっ！」

自分では制御できない奔流が、博人の体内を疾駆する。自慰ではけっして得られなかった快感の大波を生みながら、ペニス内の尿道を上昇してくる。

「うわあああああっ!!」

真夏の口に含まれた亀頭の先端から、白い粘液がどっと噴出する。

ただし水泳パンツを穿いたままなのだから、実際には水着のなかへすべての精液を撒くことになった。

「はあああ……」

念願の射精を終えた博人は、ぐったりと背中を丸めた。水着のなかが精液でべとべとになって気持ち悪いはずだが、気にならない。はじめて女に導かれた絶頂の余韻に浸りきっている。

だらしなく弛緩した少年の顔が、下から水泳インストラクターに覗きこまれた。

「そういう顔、好き。ね、キスして」

言われるままに博人は頭をさげて、真夏に口を重ねた。ついさっきまで自分の亀頭を責めていた唇と舌に、今度は口内をねっとりと嬲《なぶ》られる。精液を搾りとった真夏の舌が、今度は博人の唾液を集めて、吸いとっていく。射精のあとの陶酔感に、深いキスの快感が加わり、このまま自分のあらゆるものが真夏に奪われていきそうな気がした。

キスを終えると、水面に浮かぶ真夏の顔が緋《ひ》に色づいていた。さっきまで力強さにあふれていた人魚の表情が、幸福感に満ちて、とろりと溶けている。博人が最初に目にする、女の淫らな顔つきだった。

「ああ、よかった」

真夏は唇を舐めて、博人に告げるでもなくつぶやいた。

「ゾクゾクしちゃった。博人くんのはじめてを口に感じたときに、身体の奥に熱いものが走ったのよ。ああ、たまらない」

「それ、どういう意味ですか」

たゆたう真夏の顔が微笑む。

「博人くんの相手をするのは楽しくて、気持ちいいということ」

「ひゃっ！」

博人は突然に与えられた鮮烈な快感に、悲鳴に近い声をあげた。射精したばかりで敏感になっている亀頭が、また水泳パンツの上から真夏に握られたのだ。博人の体がビクビクと痙攣《けいれん》してしまう。

「ほらほら、もっとこうしてあげる」

少年の反応の大きさを見て、真夏が喜んで指の動きを速くして、亀頭を責めたててくる。

「くうっ、あああ」

「もう勃《た》ってきたよ。若いってすばらしい」

真夏の喜色に満ちた指摘通り、指先で刺激される水着がまた高々と盛りあがった。

(うあっ、こ、こんなことはじめてだ。出したばかりなのに、もう……)

いつもの博人の自慰は、一度射精したらおしまいだ。すぐに冷めて、もう一度しごくことなど考えたこともない。果てたばかりのペニスに刺激を受けることが、これほど強烈な快感をもたらすとは思いもよらなかった。

博人自身が驚くほど早く勃起が最高潮に達して、ペニスだけでなく下半身全体が一度目の射精前よりも熱く疼いた。

真夏も、少年の股間の硬度に満足した。博人の紅潮した顔を、上目づかいで見つめて告げる。

「博人くん、次のステップへ進むよ」

真夏の身体が水面から上昇した。博人の両脚の間に、水中に隠れていた巨乳全体が姿を現わす。濡れた水着はますます密着性を増して、乳房を挑発的に飾っていた。

「真夏さん、足がプールの底についていないんじゃないですか？」

「正解。足だけで立ち泳ぎをしているの。すごいでしょ」

真夏は涼しい顔だが、今まさにかなりの運動量をこなしているはずだ。真夏の運動能力の高さに、博人はあらためて感嘆した。

「本当にすごいです」

「本当にすごいのは、これからよ。次はここで射精させてあげる」

真夏の指が、競泳水着の胸もとをつまんだ。今まで博人は気づかなかったが、水着の中心、ちょうど左右の胸の真んなかに、一本の水色のテープが貼ってある。

焦らすようにテープがゆっくりと剝がされると、下から水着の切れ目が現われた。

「剃刀《かみそり》で切ったの。ほら、こうすると」

切断面を両手でつかみ、左右にひろげた。

「こうなる」

「うわあ」

博人は感動の声をもらした。

菱形にひろがった切れ目から、健康的な肌が現われた。みっちりと肉のつまった乳房の肌だ。伸縮性の強い競泳水着に押しこまれた乳肉が、開いた出口からむっちりとはみだした。唖然《あぜん》とする博人の眼前で、容器をつぶされたゼリーのように肌色の連山が隆起していく。

博人は、昨夜からボディの輪郭を完璧に再現する濃艶な水着姿を見せつけられながら、胸の肌を直接見るのは今がはじめてだ。火のついた視線があらわになった濡れ肌に吸いつき、水泳パンツのなかでペニスがひとりでに上下する。

「ほーらほらあ」

切れ目をひろげる真夏の両手の動きが、今にも乳輪が見えそうになる地点でピタリと停止した。

（あと一ミリ、切れ目が横に移動したら……）

肌色からピンクへの変化が見られるのでは、と博人に想像させるほど絶妙にギリギリの露出になる。

「ねえ、博人くん。この間に、オチン×ンを入れてみたくない？　今度は水泳パンツを脱いで、直接入れさせてあげるよ」

真夏が胸を突きだして大きさを強調すると、右手の人差し指と中指をそろえて、密着する左右の乳房の間に押しこんだ。内側へ巻きこまれて両方の乳肉が動き、乳房全体の形を煽情的に変化させた。

「んふっ」

鮮やかな音を乗せた息を吐き、乳肉に挟みこんだ二本の指を上下にピストンさせて、上半身をくねらせる。

「ああ、こんなことだけでも、わたしの胸が気持ちよくなる。博人くんの熱いオチン×ンをなかに挟んだら、おかしくなっちゃうかも」

喘ぎ混じりの甘い声が、博人の鼓膜をねぶる。せわしなく前後する指と、ふるふると揺れつづける乳房が、男子高校生の視神経を焼けつかせた。ペニスが爆発しそうに燃え盛っている。

「いっ、入れさせてください。お願いしますっ！」

博人の叫びが、高い天井に反響した。

「それなら、わたしを追いかけてきて」

真夏の身体が垂直に浮かんだまま、後ろへ移動した。まったく手を使わず、足の動きだけで、水中に立ったまま後ろへ泳いでいるのだ。

「ええっ！」

仰天する博人に見つめられて、真夏は普通の大人がクロールで泳ぐスピードでプールを横断していった。セクシーな笑顔は消さない。たちまち博人が腰かけているプールサイドの反対側に到着すると、後ろ向きに岸にあがった。

大量の水を挟んで、博人と真夏は座って向かい合うことになる。

真夏がなにを求めているのか、博人は理解していた。

（プールを横断してこいっていうのか……）

プールの向こう岸では、巨乳を揺らして、真夏がおいでおいでしている。応えなかったら、今夜の個人特訓は、確実に終わってしまうだろう。

二度目の射精に向かって駆りたてられた下半身が、早く早くと博人に訴えてきた。

一秒でも早く、新たな快感が与えられることを渇望している。

真夏は、博人が泳いでいくことまでは望んでいない。そもそも不可能だ。水に入って、二本の足で歩いていけばいいのだ。水かさは胸までしかないから、絶対に溺れない。

「溺れないったら溺れない！　溺れるわけがないじゃないか！」

両手で自分の頬を思いっきりはたいて、気合いを入れた。大きく深呼吸をして、水面へ向かって身構える。昨夜までは、プールに近づくことすら考えられなかった。今は膝から下をプールにつけているではないか。

（このまま、跳びこめばいいんだ！）

だが、高めた気合いに反して体が固まっていた。もう少しだけ上体を前に傾ければ、水に入れるというのに、ほんの何度かの角度をつけられない。十七年の短い人生のほとんどを蝕《むしば》んできた水への恐怖は、男の欲望に抵抗する魔力をまだ保持していた。

「博人くん。今を逃がしたら、残念だけどもう先はないよ」

「わかってます！」

（わかってるけど……）

（わかってる）

（このチャンスを逃がしたら、もう）

（真夏さんとは）

（真夏さんとは）

（真夏さんとは）

「ちくしょーっ！　動けよ、ぼくの体っ！」

無意識に体を背後へ大きくそらせていた。後頭部がプールサイドにぶつかるほどのけぞると、反動をつけて一気に起きあがった。

「ふひわっ」

情けない声がもれた。バランスを崩した体が前のめりになり、顔面から水面にぶつかっていく。なかば計算してやったことだが、顔が水に潜った瞬間、なにも考えられなくなった。

それからのことは、ほとんど記憶していなかった。永遠につづくかと思える水音と、からみついてくる水に抵抗して手足をムチャクチャに動かした感覚だけが、体に残っている。

いったいどれほどの時間が過ぎたのか。気がつくと、博人はすべすべしたものにしがみついていた。ぼんやりしていた目の焦点が合うと、自分の抱きついているものが、プールサイドに腰かけた真夏の両脚だとわかった。すらりとした二本の脚にしっかりと腕をまわし、頬を脛《すね》にこすりつけている。

頭の上から、優しい声が差し伸べられた。

「おめでとう、博人くん。さあ、あがって。望みのものをプレゼントするよ」

「ひゃ、ひゃい」

息があがって、まともに口もきけなかった。ふらふらと水からあがると、薄い胸を大きく上下させる。へたりこみそうになる博人の腰を、真夏の手が支えた。

博人は上から乳房の谷間をのぞくことになる。菱形に区切られた空間で押し合いする乳房の迫力を、あらためて間近に見せられて、背筋から腰へと熱い電流が走った。

「へとへとになってるのに、ここだけは元気なのね」

ひざまずいた真夏の前で、水を滴《したた》らせる水泳パンツが前面が突出している。幼き日のトラウマを克服する大冒険の功労者というべき部分は、褒美《ほうび》を求めていきり立っていた。

真夏の指が水泳パンツをつかみ、すばやく引きずりおろした。真夏の美貌の鼻先に、濡れた亀頭が解放される。一度は手と口で射精させられているのに、ペニスを見られるのははじめてという奇妙な感覚に、博人はわけもわからず目の前の美女の名を呼んでいた。

「真夏さん！」

「わかってる。すてきなオチン×ンの皮を剝いてあげる」

間に水着を挟まず、女の指が直接亀頭に触られた。

「うっ、あああ」

それだけで博人の腰がうねってしまう。真夏の指は勝手に動いた勃起を逃がさずに、いかにも慣れた様子で包皮を剝きおろした。

「あふっ」

また痺れる快感が走り、空気を入れすぎた風船のようにパンパンに張りつめた亀頭が顔を出した。今にも破裂しそうに赤く染まった少年の秘密の肉が、指でつつかれ、ビクビクとわなないた。

「ちゃんと、ここも綺麗にしてるね」

「は、はあ」

(は、早く、巨乳でして！)

童貞少年の焦りを楽しむように、真夏が艶やかに笑う。

「博人くんのオチン×ンを、わたしの胸で食べさせてもらうよ」

真夏はペニスから両手を離すと、苦しげに首を振る亀頭へ盛りあがった胸を近づけた。少年に負けずに、女インストラクターの瞳も昂《たかぶ》りにきらめいている。童貞少年の勃起にはじめて直接肌に触れる悦びで、心臓が激しく高鳴り、ひとりでにハイレグの腰がもじついた。

「んうっ！」

先端が乳肉に触れた途端、博人の喉から熱い喘ぎがあふれる。

真夏も乳房に伝わる男子高校生の体熱に炙《あぶ》られて、よがり声をもらした。

「あはああ」

真夏が使った『食べる』という言葉にふさわしく、剝き身の亀頭が胸の深い谷間に呑みこまれて消えた。

「ふああっ！　す、すごっ……」

途中で言葉が消えた。快感の圧力で、敏感な亀頭を押し包まれる。真夏が前へ出ると、先端から根元まで隙間なく乳肉の壁に密着してきた。

(こんなに気持ちいいことが、この世にあるなんて、信じられない！)

プールの対岸で受けた手と口の愛撫のほうが、緩急のリズムがつけられ、テクニックは上なのかもしれない。しかし乳肉の圧倒的な感触は、技術などはるかに超越している。ペニスを挟まれているだけなのに、まるで全身を乳柔肉に包みこまれている妄想に浸ってしまう。

博人はたまらず自分から腰を動かしはじめた。じっとしているには、あまりにも心地よい。裸の尻たぶがこわばり、もっと乳房の谷間を味わいつくそうと、下腹部を真夏の胸に押しつけた。乳房が押しつぶされて、腹や太腿にも濡れた柔肉と密着する快感がひろがった。

少年の反応を待ち受けている真夏も、両手で自分の胸を動かしはじめる。

「ああっ、いい。胸いっぱいに、博人くんのオチン×ンを感じる！」

自身の豊乳を揉みたてる動きが、内側に挿入されたペニスを巧みに締めつけ、しゃぶる動きとなった。

「はあっ、真夏さんの胸が、どんどんすごくなる。あうっ、たまらない！」

新たに加えられた乳責めに翻弄《ほんろう》されて、博人の腰の動きがさらに激しくなる。初体験に舞いあがった男子高校生の動きは、ただ自分の快楽だけを追求する乱暴で稚拙なものだ。

「ああ、いいっ。もっと、強く、オチン×ンを動かして。あっんん、胸の奥まで、貫いて」

性に慣れた大人の男からは感じられない一途さが、真夏には悦びを増大させる最高のエネルギーとなった。博人に語った言葉は、けっして博人を煽《あお》るための嘘でも、媚態でもない。はじめて女の身体に触れる少年を挟みつけていると思うと、乳房のなかで淫らな業火が燃え盛る。コーチに淫乱と罵《ののし》られたときから自覚した、自分のなかに巣くう妖しい魔物が暴れている。

真夏も我慢できずに、胸を揉みつづけながら、乱れた声を少年へかけた。少年と自分自身をもっと燃やすために。

「あああっ、博人くん、わたしの胸は気持ちいい？」

夢中で腰を振りたてる博人が、全身からプールの水を垂らして声高に叫んだ。

「は、はいっ！　最高に気持ちいいですうっ！」

「博人くんが気持ちいいと、わたしも気持ちいい！　博人くんのオチン×ンを入れられて、胸がきゅんきゅんうれし泣きしてる！　ほら、見て。乳首が爆発しそうに勃《た》っちゃってる」

真夏に指摘されて、博人も気づいた。胸に貼りつくウォーターブルーの皮膜に、高高と屹立した突起がある。全身を侵す悦楽に、羞恥心も忘れて叫んだ。

「勃ってる！　真夏さんの乳首、ものすごく勃ってます！」

「つまんで。昨日の夜みたいに。オチン×ンでわたしの胸を貫きながら、指で乳首をしごいて」

「はいっ！」

真夏の指の動きに乗ってくねくねと動く二つの乳首を、博人は両手の指先でつまんだ。脳を沸騰《ふっとう》させる興奮のために力の加減ができず、乳首を強烈にひねってしまう。

「うあっ！　うっんうんんん」

乳首に加えられた痛みも、少年を呑んだ胸は猛々《たけだけ》しい乳悦に変換した。柔軟に形を変えつづける豊美乳のなかで、快楽の熱波が荒れ狂う。膝立ちになった下半身がひとりでに前後左右にうねり、ハイレグの奥で肉唇がはしたなくひくついている。少年を射精させる前に、真夏が軽くイッてしまいそうだ。

だが、やはり初心者の高校生のほうが先に限界が来た。博人は押し寄せる射精感を、そのまま口に出した。

「あううっ、出る！　真夏さん、出ます！」

「来て。わたしの胸にいっぱい呑ませて！」

喜色に輝く真夏の巨乳のなかで、ペニス全体が痙攣《けいれん》した。これまでの射精とは次元の違う快感に襲われて、博人は腰がくだけそうになり、思わず乳首をつまむ指に力をこめた。真夏の乳筒をひねりあげながら、全身を爆発させる。

「うっあああああっ!!」

温かい粘液のほとばしりを、真夏は巨乳全体で感じた。少年が発するエネルギーが、自分の胸のなかに沁《し》み入ってくる。

「ああっん、博人くんの精液をもらって、胸も乳首も最高に気持ちいい!!」

真夏が自分の胸から手を離すと、二度目の大量射精で力の抜けた博人がへなへなと尻をついた。巨乳の狭間《はざま》からペニスが抜けて、プールの水と自身の精液でべとべとになった姿を現わした。

そのまま、博人はプールサイドに横たわってしまう。精根つきたという体勢だ。

しかし水泳インストラクターはまだ許してくれなかった。真夏が四つん這いになって、博人の耳に口を寄せた。胸の谷間から白い粘液を滴《したた》らせて、猫撫で声を吹きこんでくる。

「わたしもたまらなくなっちゃった。ねっ、わたしもイカせて」

「え、そ、それって、どういう、うわ！」

寝そべる博人の顔を、真夏が後ろ向きにまたいだ。ハイレグ極薄水着が密着した女の股間が、すぐ目の前に迫る。ほんの少しだけ手を伸ばせば届く位置にある薄い皮膜には、恥丘のふくらみが浮きあがり、中心に深い秘裂が刻まれている。もともとボディペインティングに近い格好の真夏だが、突然見せつけられた女の秘部の大接写には、唖然とするしかない。

ぽかんと目を丸くして、口を開ける博人の顔に、競泳水着からの雫《しずく》がポタポタと落ちてきた。魅惑の雨に濡れる顔をぬぐうのも忘れた博人の耳に、はるか高みから妖しい声が降ってくる。

「博人くん、舐めて」

「え、ええっ、それって」

（ソレだよな。目の前にあるソレを舐めろってことだよな。つまり、真夏さんの水着を脱がしてもいいということなのか）

「だめ。わたしが水着を脱ぐのはまだ早いわよ」

（な、なぜ。真夏さん、テレパシーか！）

「女のソコを目の前にした男の考えることなんて、誰でもわかるよ。舐めるのは、水着の上からね」

「ここまで来て、んぐっ！」

有無を言わせず、真夏の腰がぐんと落ちてくる。濡れぬれの水着で、博人は口と鼻をふさがれた。

（これじゃ、窒息しちゃう！）

うめき声も奪われた博人の代わりに、真夏が甘ったるい声をほとばしらせた。

「ああっ、いい！　博人くんのキス、とってもいいよ」

博人に聞かせるためでもあるが、言葉は真夏の本音だった。奔放な真夏も、自分の職場であるアスレチックセンターの屋内プールで楽しむのは、かつてない経験だ。それに加えて、友人の弟を、姉公認で味わうという特異なシチュエーションが、性感帯をフルスロットルにさせている。

水着の布越しだというのに、博人の顔に押しつけた箇所から自分でも思いもよらない快感が湧き起こり、身体をせつなく疼かせた。

「はああ、たまらない。博人くん。早く舐めて！」

真夏がわずかに腰を浮かせて、競泳水着と少年の口と鼻に隙間を作った。博人は窒息の危険から解放されて、空気を貪《むさぼ》る。いっしょに口の周囲を濡らす水が、喉に流れてきた。ただの水なのに、甘美な味がついていた。

深呼吸を繰りかえして生気を取り戻した博人の意識は、眼前の女そのものに集中した。ついさっき息をとめられ、苦しめられた相手だというのに、男の本能には逆らえない。女の秘肉を差しだされれば、受け入れるしかないのだ。

年上の美女に主導権を握られた少年は、律儀《りちぎ》にやるべきことを言葉にして伝えた。

「真夏さん、舐めさせてもらいます」

ウォーターブルーの尻がくねって答える。

「早く！」

「はい」

博人は頭をあげて、今度は自分のほうから女肉に口をつけた。最初に感じたのは水だ。プールからあがったばかりの水着を舐めているのだから当然だ。しかし今や博人にとって競泳水着は真夏の皮膚そのものであり、女体の一部と認識している。流れ落ちるプールの水は愛液そのものだ。

唇を青い恥丘に貼りつけ、水着に沁みこんだ水分をすべて飲み干す勢いで吸った。予想以上の水量が、口内に流れこんでくる。

「あんっ！　はあぁっ！」

艶めかしい声が降ってきた。自分の口の動きに合わせて真夏の太腿がピクンピクンと痙攣《けいれん》するのを目にして、博人は水着を舐めることに夢中になった。

股間を舐めるだけでなく、両手をむちむちの太腿に這わせて、水に濡れた女の肌と筋肉の感触を貪りはじめる。男の肌とは違う、きめの細かい皮膚の手触りがとても心地よい。しなやかな脚にそって指と手のひらを滑らせるだけで、新しい悦びが湧いてくる。

女らしい脚線美のすぐ下には、スポーツに無縁な博人の細い脚とは対照的な、強靭《きょうじん》な肉づきがある。指先で力強い筋肉をなぞると、自分にはないエネルギーとパワーが流れこんでくる。

「うんっ、いいっ、博人くん。脚をいじられるのも好き」

偽りのない本気の女の言葉だ。太腿をさすられるのも、性感帯を責められるのと変わらず、とても心地よい。少年が女体に示す探究心が、そのまま真夏の歓喜となる。

十歳も若い少年が、自分の肉体のすべてを欲していると思うと、背筋を熱い衝動が走った。

「ああ、博人くん、つづけて。そのまま、わたしを求めつづけて。わたしも博人くんを……」

真夏の熱に潤んだ瞳が、自分の前に横たわる男子高校生の全裸体を舐める。鍛えた肉体美とも美少年の耽美《たんび》さとも無縁の、平凡な肉体だ。運動のプロの観点からすれば、明らかに物足りない。わたしの手で鍛えてあげてもいいな、と思う。

真夏の視線が、博人の肉体の一点にとまった。

水着越しに加えられる口の性戯に、揺れる細い体の中心で、また男の象徴が勃《た》ちあがりはじめている。博人の意識は興奮しきっているが、さすがに二度の射精をしたペニスは疲れを残していた。一度は剝けた亀頭が、また皮をかぶり直しているのがかわいい。

水泳インストラクターの顔に、獲物を見つけた肉食獣の笑みが浮かんだ。舌が唇をじっとりと湿す。

「今度は、博人くんを生で食べてあげるよ」

身体を前に倒して、半勃ちの包茎ペニスを右手でつかんだ。水泳パンツと巨乳の谷間で出した精液にべっとりとまみれたペニスに、しっかりと指をからめる、

真夏の尻の下から驚きの声が湧きあがった。直接触れた指の握力が、快感のパルスと化して、肉幹から博人の全身へと伝播《でんぱ》してきた。

「ま、真夏さん！　なにを」

「十代なんだから、三回目もイケるよね」

「え、それは……」

博人の声に困惑がにじんだ。つづけて二回射精したのもはじめてなのだ。さらに連続して三度目を放出する精力が自分にあるとは、とても思えなかった。

「一日に三回なんて無理です」

「若者ならチャレンジあるのみ。目指せ、新記録！」

真夏は顔をキラキラと輝かせ、大きく口を開いた。精液でコーティングされた亀頭をためらいなく咥《くわ》える。若さあふれる精液独特の味が口内にひろがり、少年の生々し

い薫りが鼻腔に充満した。素直な思いが、真夏の口から出た。

「んふっ、ほひしひっ！」

「ひゃっ、な、なはあっ！」

博人の腰が跳ねあがる。プールの対岸でも真夏に咥《くわ》えられたが、水泳パンツを間に入れてのことだ。今回は直接口内に触れている。温かい粘膜にぴっちりと包まれ、精液がついたままの鈴口を舌でつつかれた。

「ひっ、ふああっ！」

博人の敏感な反応を見て、真夏は一度口を離した。まだ皮をまとったままの亀頭に吐息《といき》を吹きかけながら、ひくつくペニスへ語りかける。

「もう一回、博人くんの大事な皮を剝いてあげるよ」

またペニスを咥えると、唇で亀頭を押さえて、舌先を皮のなかへ差しこんだ。皮の内側で、舌をくるりとまわす。

「ひゃうううっ！」

二度のお務めを終えたペニスにはきつすぎる刺激だ。博人は強引に与えられる快感を発散するかのように、顔の上で揺れる尻たぶを両手で強く抱えた。

「んあっ、真夏さん、あくううっ！」

両腕に伝わる女尻のずしりとした量感が、博人にエネルギーを与える。真夏の舌に嬲《なぶ》られる直接の刺激も加わって、ペニスがまた硬さを回復した。

「ほーは、むひひゃうほ」

舌が繊細に動き、口のなかで亀頭から皮を剝きおろした。

「ふうあああっ！」

途端にペニスに伝わる快感が何倍にも増大する。博人は、真夏の水着の尻たぶに指を食いこませ、自分の裸の尻で何度もプールサイドの床を叩いた。

「はうっ、あっ、す、すごっ、これが真夏さんの口っ！」

亀頭を裸にされて、ペニスへの血液の集中が一気に進んだ。たちまち完全な勃起状態になる。

「ひろほふんのおひんひん、ほっへもほほひくなっはよ」

口のなかで初々《ういうい》しい肉棒が体積を増す感覚が、女体の奥へビリビリと響いた。プールの水に濡れた秘肉が、真夏自身の体液で湿る。

巨乳で射精をうながしたところまでは、真夏は計算して動いていた。今はもう自分の欲望を制御できない。体内で火を噴く肉欲に駆られて、博人に水着の秘部をしゃぶらせ、目の前のペニスを思う存分に味わいつくそうとしている。

これほど肉体が疼き、駆りたてられたのも、久しくないことだ。博人が出しているという物質のせいだろうか？

真夏は胸のうちで首を振った。いや、違う。そんなものじゃない。うまく説明できないけど、きっと博人くんには、わたしを惹《ひ》きつける魅力があるはず。

真夏は納得して、貪欲に熱い勃起を吸いあげ、身悶える少年の舌触りを享受した。これから大人になろうとするペニスを舐めていると、理由など、どうでもよくなる。大切なのは、今、自分と博人くんがお互いに性器を舐め合っている事実だけだ。

真夏の口が、完全勃起のペニスを根元まで呑みこみ、すばやく顔を上下させはじめた。唇が強く食いしめて、男根を付け根から亀頭の先端近くまでしごきたてる。ペニスに付着していた二回分の精液は完全に舐めとられて、代わりに新鮮な唾液を全体にまぶされる。

真夏の尻に隠されて、博人の目には自分の下半身が映らない。見えないだけに、いっそう快感が鮮明になった。

「ふわあっ。ああ、もっとすごくなってる。はあうっ」

さらに真夏の右手で睾丸を握られて、やわやわと揉まれた。奇妙な気持ちよさが博人の体を這い昇ってきて、男子高校生を悩乱させる。

「うあっ、な、なに、なにしてるんですか!?」

「もひほん、ひろほくふのひんはまほ、ほひほひしへあへてふのほ」

真夏のもごもごした声とともに、二個の宝玉を優しく転がされる。博人はオナニーでも睾丸など触ったことがない。

「ああ、気持ちいい。そこ、そんなに気持ちいいなんて知らなかった」

知らなかった快感を体に刻みこまれる少年にできることは、目の前の女そのものに奉仕することだけだった。尻を抱く腕に力をこめて、競泳水着が貼りついた縦の肉溝を何度も舌でなぞる。溝のなかがどうなっているのか、具体的には知らない。膣口やクリトリスを見つけることはできていない。ただ本能が、舐めつづけろと命令した。

真夏の水着からにじみでてくる液体が、水だけではなくなっていた。味の変わった液体を、博人の舌が舐め取る。

博人の鈴口から出る先走りの体液も、すべて真夏に舐めとられた。

博人と真夏は互いに高め合った。さすがに三度目だけあって、博人もすぐには達しない。逆に真夏のほうは、博人を二度の頂点に導いたことが前戯となっていた。本人の思惑以上の速さで、身体が絶頂へ駆け昇ろうとする。競泳水着を挟んで行なわれる稚拙な舌使いがもどかしく、かえって大人の肉体を快楽の高みへと急《せ》きたてる。

自分が少年よりも先にイカされる。そう思うと、くやしい。しかし悦楽で沸騰《ふっとう》した頭のなかで、くやしさは即座に溶け崩れた。男と女が互いに歓喜を与え合っているのに、そんな些細《ささい》なことを気にするなどバカらしい。素直に年下の男の子の愛撫に肉体を委《ゆだ》ねる。

少年を導く大人の女という立場を捨てれば、快楽に身をまかせる女体にすぎなかった。白い光があふれて、真夏のすべてを包みこんだ。巧みなテクニックでイカされる激しい絶頂とは異なる、暖かい幸福感に満ちたエクスタシーに抱かれた。

真夏はたまらず、根元まで呑みこんでいた博人の勃起から、朱色に染まった顔を跳ねあげた。

「ああっんっ！　イク！　イッちゃううっ!!」

真夏の歓声が、博人の鼓膜を打った。同時に、博人ははっきりと感じた。競泳水着のなかから沁みでてくる水の味が変化している。そして理解した。

これが、女の味だと。

(真夏さんがイッたんだ。今夜も、ぼくがイカせた！)

確信した瞬間、博人の官能も頂点に達した。熱いマグマが背筋を走り、腰が跳ねて、無意識に亀頭をイッたばかりの真夏の鼻先に突きつける。

猛烈な快感に痺れて、三度目とは信じられない量の精液が若い体内から搾りだされた。

「うっんんん！　で、出るうっ!!」

真夏の顔に、精液がぶつかった。陶酔した美貌が、額《ひたい》から顎まで、男子高校生の粘液でどろどろに塗りつぶされる。

「あああ、博人くん、がんばってるう。まだ、こんなに出るのね」

真夏の鼻腔を、精子の濃密な香りがついた。絶頂の熱に蕩《とろ》ける意識に、新たな愉悦のカーテンがかかった。舌を伸ばして口のまわりの精液を舐めとり、自分を飛ばせてくれた少年への感謝をこめて、亀頭へキスをする。

「ふはあっ」

と博人は呆けた声をもらして、口づけに応えた。

真夏はまたいでいた博人の顔から降りて、隣りに並んで横たわった。

博人の目に、まだ自分が出した精液にまみれた真夏の顔が映った。自然と言葉が口から出てくる。

「綺麗です、真夏さん」

真夏がくすりと笑い、博人の手を握った。

☆

屋内プールに通じる扉は、博人と真夏が使った入口だけではない。別の廊下に通じる扉がわずかに開いていた。仲よく絶頂の余韻に浸る二人を、扉の隙間から二対の瞳がじっと探っている。

「稜《りょう》ちゃん、稜ちゃん。ね、ね、あれ、どういうことかしら?」

「わからん。真夏のヤツ、昨日から姿を見せないで、なんだかコソコソしてると思ったら、子供とあんなことをしてるなんて」

博人と真夏が着ているものと同じ、スポーツフロンティアズの赤いロゴ入りの白いジャージの二人の美女が、疑問と疑惑の視線を、同僚の水泳インストラクターへと浴びせた。

「なんだか、卑猥《ひわい》だわ、稜ちゃん。卑猥よ卑猥よ」

「うるさい、亜矢美《あやみ》。静かにしろ」

「はあい」

口を閉ざした二人の視線から疑念が消えて、別の感情が表面に出てきた。

二筋の視線は真夏から離れて、隣りへ移動していく。

名前も知らない少年の股間へと。

少年が持つ、今は満足しきってぐったりと休んでいるモノへと、灼熱の眼光が注がれている。

特訓③～本番 泳げたら、夢の初体験よ☆

博人が出会ってから三日目の夜に、真夏ははじめて言った。

「今夜こそ、いよいよ泳いでもらうからね」

三度目の二人きりの屋内プールだった。今夜も、真夏はウォーターブルーの極薄の競泳水着だ。抜群のプロポーションが余すところなく現われている。

対する博人は、またも三千代が用意した、鮮やかな緑色のアマガエル模様をちりばめた水泳パンツだ。思いかえすと、子供の頃に姉が選んでくれた服は、変てこなデザインばかりだった気がする。

昨夜のプールの時間が終わってから、今夜のプールの時間まで、また博人と真夏は同じ宿泊室『前畑の間』で過ごした。部屋のなかで、真夏はやはりTシャツとショートパンツだけの姿だった。巨乳のボリュームも、たくましい尻や太腿の量感も、隠す意志はさらさらなかった。博人のほうは一晩で三度も放出したせいか、ある程度慣れたためか、一日中股間を硬くさせることはなくなっていた。

しかし競泳水着を胴体に貼りつけた真夏は別だ。ウォーターブルーの色を目にした瞬間から、下半身は臨戦態勢になっている。

博人の水泳パンツの鋭いふくらみに目をやって、真夏が清々《すがすが》しく微笑んだ。

「その元気があれば、いくらでも泳げるよ。水への恐怖も、もうなくなったしね」

「でも、いくら真夏さんが優秀なインストラクターでも、一晩で泳ぎを覚えることができるんですか？」

「心配ない！　博人君は幼稚園のときには、ちゃんとクロールで泳げたから」

博人はびっくりして首を左右に振った。

「嘘だ。そもそもプールで溺れる子供が、泳げていたはずがない」

「どれほど優秀なスイマーでも、なにかのアクシデントで溺れることはあるの。博人くんは死にかけた恐怖で、自分が泳げたことを忘れてしまっただけよ。そう言われると、泳げる気がモリモリしてくるよね」

「そう言われても。だいたい、幼稚園の頃に泳げたとしても、十年以上も泳いでないから、とっくに忘れてます」

「だいじょうぶ！　一度体が覚えたことは、忘れたりしないよ。水泳でご飯を食べてるプロが言うんだから間違いない」

「そうかなあ」

「というわけで、レッツゴー！」

真夏の右腕が、博人の首にまわされた。顔に、右の乳房の側面が押しつけられる。その姿勢のまま、真夏は駆けだして、プールへ向かって大きくジャンプした。

「どわあっ！」

博人の脳裏をプロレス中継で見た技がかすめた。博人の叫びが、建物のなかを反響する。

「あああああっ……」

二人の体が、リングならぬ水面に叩きつけられる。盛大な水柱を屹立させて、ともに水中に沈み、足が底についた。

博人は全身が水面下に入り、周囲を水の壁でふさがれたことを認識した。昨日までの自分なら、恐怖のあまりに失神していたかもしれない。今は水を透かして、目の前で自分を見つめる真夏の顔をしっかりと確認できた。

二人はそろって立ちあがり、顔を水面の上に出した。博人は犬のように首を振って、顔から水滴を散らす。

「ふわあ、びっくりした」

「びっくりしただけ？　もう怖くはないよね」

「はい。真夏さんのおかげで」

真夏が右手で顔をぬぐい、決定的な言葉を告げた。

「今夜、泳げたら、博人くんの童貞をもらってあげる」

「えっ！」

博人の心臓と股間が同時に大きく鼓動を打った。『童貞をもらう』という言葉が、頭のなかを猛烈なスピードでグルグルと回転している。昨日から予想はしていたが、すさまじいインパクトだ。

（来たっ！　ついに来たよっ！）

博人はしげしげと真夏を見つめた。視線が、濡れた前髪が貼りついた美貌から、わずかに波打つ水面のすぐ下にある巨乳へ移動していく。そして水中で屈折して揺れるウォーターブルーのハイレグに包まれた部分で、瞳はとまった。ほんの二日前には、女の局部をじっと見つめることなど、恥ずかしくてできなかった。

真夏も、博人が自分のソコをじっと見ているのを承知して、満足の表情になる。

「一生忘れられない童貞喪失にしてあげる。将来、他の女を抱いても、つい思いだしてしまうような、ねっ」

「他の女って」

博人には、他の女性と肉体関係になるなど、思いもよらなかった。たった三日で、博人にとって真夏が女のすべてになっていた。でも、その思いをどうやって真夏に伝えればいいのか、わからない。

博人のとまどいを見透かすように、真夏がインストラクターの顔になった。

「両手を前に伸ばして、わたしにつかまって」

そう言いながら、真夏は自分の両手を背後にまわした。

「えっ？　つかまるって、どうすればいいんですか？」

「もちろん、ここにつかまるの」

真夏が上体をそらした。水面に、競泳水着に包まれた二つの豊乳球の上半分が浮上してくる。

「まさか、真夏さんの胸につかまれってことですか⁉」

「そのほうが、お互いに楽しいよ」

「そうかもしれないけど……失礼します」

博人の顔が赤らむ。今までにもさんざん揉みたて、また谷間に勃起を挟んで射精した巨乳だが、泳ぎ方を教わる場でつかむのは不思議な気分になる。手を出す前に、疑問が口をついた。

「なんだか、水泳でふざけるような気がするけど、真夏さんは本当にいいんですか？」

「博人くんこそ、水泳選手でもないのに、固いことを言わない。楽しければいいの。さあ、わたしの胸をつかんで」

「はい」

もうためらう理由はない。博人は自分に誘いかける迫力の球体へ、遠慮なく両手を伸ばした。握った指の間から、濡れた水色の乳肉が前へ押しだされる。博人へ向かって迫ってくる柔肉の先端では、早くもしこりはじめた乳首が高く浮きでていた。

博人は自分を抑えられず、左右の親指と人差し指で乳首をしごいた。

「んふっ」

と真夏が声をあげ、胸を震わせた。博人の手のなかで、乳房が柔軟にたわむ。

「その調子。必ず泳げるようになるよ」

博人の目にも、水泳インストラクターの顔がうっとりとしているのがわかった。

（真夏さんも興奮しているんだ）

自然と豊乳をつかむ指に力が入った。真夏の美貌に描かれる喜色が深くなり、見つめる博人の下半身も猛々《たけだけ》しい力がこもる。このままずっと真夏さんの表情を見つめていたい、と願ったが、そうもいかなかった。

「顔を水につけて。バタ足をして」

「は、はい」

顔に未練を表わしたまま、博人は深呼吸をして、体を前に倒した。両脚をプールの底から離すと、巨乳を支えにして自然と水面に身体がまっすぐに浮かぶ。

真夏が背後へ歩きだした。博人は両手に伝わる柔らかくも張りのある感触に引かれて、無心に両脚を交互に上下に動かした。

体が前へ移動した。

（あれ？）

と驚くほど、簡単に水面を滑っていく。自分では意識しないまま何メートルか進むと、条件反射のように顔をあげて、息継ぎをしてしまう。乳房に食い入った自分の手が目に入り、すぐ上で真夏の顔が頼もしく見守ってくれている。

また顔を水につけ、バタ足で進み、また息継ぎして真夏の表情と巨乳を確認する。

繰りかえす間に、体のなかでなにかが動きはじめた。十年以上前にはずれて、ずっととまっていた歯車が、いきなりピタリと嚙み合わさり、滑らかに動きを再開させたようだ。

博人の体内の変化を読み取ったかのように、ふいに手首を真夏の両手でつかまれた。博人が水に顔をつけている間に、胸から手をはずされる。

（あっ）

支えを失って、パニックに陥るかと恐れた。だが一度目覚めた体内のシステムは、博人を支配して、ひとりでに体を動かしはじめる。両手が水をかきはじめ、不格好ながらクロールのフォームとなった。高校生としてはかなり遅いスピードだが、確実に泳いでいる。

真夏が拍手をして、博人の右側に並んで泳ぎはじめた。元オリンピック候補が博人に合わせて、ゆっくりと水をかいでいく。

博人は息継ぎをするたびに、すぐ近くに真夏の顔があることに気づいた。

（真夏さんが、ぼくといっしょに泳いでる！）

胸が揺さぶられた。それまで股間ばかりに集まっていた熱が、胸の奥にもあふれてくる。

（泳いでる！　ぼくは泳いでる！　真夏さんが言ったことは本当だったんだ。自分が泳げないと思いこんでいただけだったんだ！）

　昼間このプールに通っている利用客たちが見れば失笑される下手な博人のフォームと、誰もが感嘆する真夏の華麗な泳法が、並んでプールを縦断していく。

　博人の泳ぎが、徐々に速度を落としていった。運動の苦手な博人が、効率の悪い泳ぎ方をしているのだから、消耗が激しい。気がつくと、手足に鎖でも巻きつけたように重く感じられた。

（あ、だめかも……）

　水をかく動きが乱れて、バタ足から力が抜けた。必然的に体が沈みかけてしまう。もう溺れるとは思わなかったが、ここで足をつくのが惜しい。

（もっと真夏さんといっしょに泳ぎたい。あっ！）

　今まで右側を並んで泳いでいた真夏の身体が、先に沈んだ。全身を器用にくねらせて、博人の腹の下に潜ってくる。背泳ぎのバサロ泳法に似た動きだ。

　真夏が潜水したまま、両手で沈みかけた博人の体を支えた。新たな浮力を得た博人は、今までよりも軽快に前進する。

（人魚姫みたいだ。難破《なんぱ》した王子を助けた人魚姫は、きっとこんな感じなんだ）

自分を支えて、一度も息継ぎをしないまま潜水する真夏の姿は、人間ではない水中の美しい生物に見えた。

真夏とともに泳いだ博人の手が、しばらくしてプールの壁に触れた。真夏の身体が離れるのに合わせて、底に足をつく。顔をあげて振りかえってみると、なんのことはない、プールを少し斜めに横断しただけだ。自分ではかなりの長距離を泳ぎきったつもりだったが、小学生でも簡単に泳げる距離だ。

それでも充実感が、疲労した全身にみなぎっている。遅れて水上に顔を出した真夏が、濡れた唇を寄せらせた。濃厚な祝福のキスを贈られる。

「おめでとう。楽しいご褒美《ほうび》の時間よ」

「は、はいっ！」

博人の体中に満ちていた爽快な充足感が吹っ飛び、圧倒的な男の欲望に取って代わられた。疲れを忘れて、息せききってプールサイドによじ登る。

あとを追って、真夏が疲れなど微塵《みじん》もないように、軽々と水から出た。一日にキロメートル単位で泳ぐこともある水泳選手にとっては、なにほどでもない距離だったのだろう。

「約束通りに、忘れられないことをしてあげる。水泳のプロ遠江真夏らしいことをね」

（真夏さんらしいことって、なんだろう？）

興味津々で見つめる博人の前で、真夏の右手の指が競泳水着の首もとに潜りこんだ。水着の内側から、細いひもにつながった青いボタンのようなものが取りだされる。ペンダントとして首からさげていたらしい。

「これはアクセサリーだけど、なかに小さな刃物が入ってるの」

言葉通り、真夏が指でボタンを押すと、側面から小さな刃が飛び出しナイフのように現われる。

「ちょっとした便利グッズ、というか、ただのおもちゃよ。こういう実用性のないものを集めるのが好きで、ついつい買っちゃうのよね」

博人はまだ見ぬ真夏の自宅をイメージした。きっと家のあちこちに、役に立たないものが乱雑に散らばっているに違いない。

「ずっと見たかったものを、見せてあげる」

刃が、競泳水着の胸の中心を縦に走った。昨夜の水着にあった切れ目と同じものが、新たに生まれる。やはり昨日と同じように、真夏の指が切れ目を左右にひろげる。

一日前には、切れ目は乳首が見える寸前でとまった。

今夜はとまらない。

(見えた！　乳首がっ！)

今までも競泳水着の表面には、勃《た》ちあがった乳首の形がくっきりと現われていた。さっきもプールのなかで、博人の指が乳首の感触を享受したばかりだ。とはいえ露出した乳首を見るのは、今が記念すべき最初だ。

博人の視覚に、白い乳房に桜色が映える乳輪と乳首が飛びこみ、視神経に焼きついた。

乳首が現われても、なお真夏の手の動きはとまらない。ついに左右の乳房全体が、水着の外へ現われた。

博人から、涎《よだれ》が垂れるように、感嘆の声がだだもれになる。

「あ、あああ」

胴体を戒めていた水着から解放されて、二個の乳房は自由を謳歌《おうか》した。忠実に胸の形状を再現していると見えた水着だが、あらわになった巨乳はワンサイズはボリュームを増している。色白の迫力乳は、ずっしりとした重量感がありながら、垂れさがることなく、世界すべてに挑戦するように前へ突きだしている。開いた水着をバストの側面に引っかけているので、左右から押されていっそう乳房が盛りあがり、博人へ迫った。

女の魅力を凝り固めて命を与えた裸の豊乳の上で、真夏の笑顔が輝いた。名前のまま燦然《さんぜん》と熱い笑みだ。

「うわあ、すごい顔をしてるよ、博人くん」

「あ、ああ、すみません」

「あやまらなくていいよ。わたしの胸を見て、そういう顔になってくれるのはうれしい。わたしの胸、どう?」

博人は表現する言葉が見つからず、無言で何度も首を縦に振った。特に巨乳マニアというわけではないが、生まれてはじめて目にする生の豊美乳の魅力にあてられている。結局、単純な言葉を並べて答えるしかなかった。

「綺麗です。すごいです。ものすごいです。最高です!」

「触ってもいいよ。ううん、お願い、触って」

「はいっ!」

博人はひと声叫び、真夏のバストにむしゃぶりついた。両手を左右の乳肉をつかみ、胸の谷間に顔を押しつける。プールからあがったばかりだから、当然水に濡れている。今やプールの水は、博人にとって性行為の一部だった。深い谷間に顔がはまり、両頬が魅惑の柔乳肉の壁に挟まれる。

「ああ、すごい。濡れて、すべすべだ」

顔を谷間に埋めたまま、夢中で指を乳房に食いこませ、強く揉みたてた。指の動きに合わせて巨乳は自由自在に形を変える。柔らかいのに、揉んでも、揉んでも、乳肉は強靭《きょうじん》な弾力を発揮して、指を押しかえしてくれる。真夏の極上のバストに溺れる心地よさは、この三日間で博人が感じた真夏という人間の魅力そのものだ。

耳もとで、真夏の声が聞こえた。いつものはきはきした口調ではなく、甘くささやく声になっている。

「気持ちいい、博人くん」

背中に真夏の両腕がまわって、しっかりと抱きしめられる。胸の間から顔をあげると、上気して頬を赤く染めた女の顔がある。博人は何度も疑問に思ったことを、またもや尋ねずにはいられなかった。

「あの、ぼくなんかで、本当に気持ちがいいんですか？　真夏さんは、その、経験が豊富なんでしょう」

真夏の熱を孕《はら》んだ顔に、南国の花が咲くように笑みが現われる。年上でありながら、少女の顔つきになった。

「ええ、豊富よ。いろいろ経験したから、自分の好きなものがよくわかってる。前にも言ったでしょう。わたしはテクニシャンな男よりも、わたしの身体に夢中になってくれる男が好き。わたしを求めてくれる情熱が、どんなセックスの技巧よりもわたしを熱くしてくれる。わたしが三千代の依頼を受けたのも、博人くんがファーストキスの経験もないバリバリの童貞だからよ。どう？　こんなわがままで、いやらしい女の相手をするのはいや？」

博人は顔を左右に動かした。巨乳に頬や鼻がこすれて、真夏の胸に新たな刺激と悦びが弾ける。

「ああ、ありがとう。博人くんの気持ちが、んっ、伝わってくる」

博人の額《ひたい》に、真夏の唇が触れる。博人がはっとして顔をあげると、鼻筋を舌で舐められた。

「んはっ」

少年の口から、震える声があふれた。顔を舐められるだけで、夢見心地になれるとは知らなかった。唇のまわりを舐めまわされ、尖《とが》った舌先が、唇の間に入ってくる。

博人も舌を出して、真夏のよく動くピンクの器官を迎え入れた。

「んっ、んふ……」

「うむ……くふ」

真夏がわざと音をたてて、舌を激しく動かしてくる。最初は相手をしようとした博人も、すぐに降参して、年上の舌技にされるがままになった。こんこんと送られてくる甘い唾液を飲む幸せに浸ることにする。

二人の舌がじゃれつく間にも、博人の指は左右の乳首をつまみ、こすり、しごいた。指の間で、肉筒はさらに硬さを増し、体積を増す。敏感な指先に感じる乳首の変化が、真夏の興奮を伝えてきて、博人を感動させた。

「……ん、あああっ」

真夏が唇を離し、頭を後ろにそらせた。二人の口の間に、透明な唾液の糸が伸びて、水面の反射を受けて輝いた。

「それ以上、乳首をいじられたら、また胸だけでイッちゃいそう。まだ、こっちもあるんだからね」

真夏がすばやく身をひねり、魚が跳ねるように博人の腕から離れると、手首に巻いていたアクセサリーからカッターを出した。

「なにをするのか、わかる?」

一瞬、博人はとまどったが、すぐに眉を吊りあげた。思わず右手で、その部分を指差してしまう。

かして見せる。

「正解。ソコよ」

少年の人差し指を向けられた下腹部を、真夏がベリーダンサーのようにくるっと動
「そこですか!?」

「うわあ」

また博人の口から意図しない歓声が出る。

ウォーターブルーの繊維がつまみあげられ、カッターが当てられた。縦一文字に切りおろした胸とは違い、小さな刃が長円を描く。博人が息をとめ、無意識に両手で水泳パンツの裾を握っていた。

真夏の指が器用に動き、競泳水着の大切な部分を覆う布が楕円形《だえん》に切り落とされた。足の間に布が落ちるとともに、博人が熱い息を吐いた。

(見えた!)

胸の内で喝采《かっさい》をあげる。

見えているのは恥丘のふくらみだけだ。肉の唇はぴったりと閉じて、乱れた雰囲気はなかった。それでもはじめて目にする女の秘部は、少年を感激させ、好奇心をつのらせてやまない。

競泳水着を着ていながら、肝心の部分を露出させた姿は、全裸になるよりも鮮烈だった。伸縮性の高い水着の素材に挟まれて、誇らしげに大ボリュームの存在感を主張する裸の乳塊。腹は濡れたウォーターブルーの繊維が輝き、へそのへこみまでくっきりと現われている。そして胸と同じく密着する水着に押されて、ふっくらと盛りあがる女の秘密の丘陵。

男の本能をえぐりだす淫靡《いんび》さを持ちながら、人魚を思わせる不思議に美しい光景だ。真夏の言う通り、確実に一生忘れられないだろう。最初にこんな魅惑的な裸体を見てしまっては、将来別の女性の裸を前にしても、視界に水着がちらついてしまうに違いない。

真夏は両手で自分の太腿をゆっくりとさすり、官能的な仕草を見せつけてくる。

「そばに来て。博人くんのものなんだから」

博人は返事も忘れて真夏の肉体へ近づき、前でひざまずいた。顔の前に、解き放たれた女そのものがくる。目の前で秘密を守る門扉をじっと凝視《ぎょうし》しながら、うわずった声を出した。

「あ、あの」

「遠慮しないで、博人くんが開いて。わたしをよく見て」

博人はうなずき、両手を水着のなかに浮かんだ白い丘に添えた。指先がやわらかい肌に触れるだけで、体に電気が通った。親指に軽く力を入れて、扉を左右に開いた。目の前に、淡いピンク色の宝物がひろがる。男の性器とはまったく違う、複雑で繊細な細工品が、プールの水ではない透明な液体でじっとりと濡れている。天井の照明を受けて、鮮やかにきらめく様子を目にすると、つい思わずにはいられない。

(触ったら、壊してしまいそうだ)

しかし、生きた宝石から立ち昇る芳香が、博人の性欲を燃えあがらせる。水泳パンツのなかで、張りつめた亀頭が首を振り、腹を打った。

興奮のあまりに動けなくなってしまう博人の頭上から、声が降ってきた。真夏も少年と変わらずに昂《たかぶ》って、声が震えている。

「どう?」

「綺麗です。ああ、もう、こんな単純なことしか言えない自分が情けないけど、すごく綺麗です!」

「ありがとう。早く、そこにキスして。ああ、わたしも博人くんと同じ。余裕なんかない。お願い、キスしてほしいの!」

真夏の声に焦燥に駆られる色がにじんだ。博人の指がひろげた濡唇のなかで、水泳インストラクターの熱い思いを代弁して、肉襞がわなないている。

（ここが、ぼくを誘ってる！）

濡れた肉の花を、名前で呼んでいた。

「真夏さん」

キス。

「あんっ！」

真夏が甘い喘ぎ声で返事をする。唇から緋色《ひいろ》に色づいた歓喜の吐息《といき》があふれた。

しかし、博人は気づかなかった。唇に触れる肉襞と粘膜の感触に、心を奪われている。触感だけでなく、鼻腔を埋める薫りも、舌にひろがる味覚も、男子高校生の魂を夢中にさせる。闇雲に舌を動かし、触れるものすべてを舐めつくし、味わいつくそうとしていた。

ふいに博人は頭をつかまれた。真夏の十本の指で、濡れた髪をくしゃくしゃにかき混ぜられる。頭皮から直接伝わる音に、真夏の切れぎれな陶酔の声が混じった。

「ああ……んうっ……」

無軌道ともいえる博人の舌使いが、真夏を酔わせていた。はじめての女に対する熱意が、二十七歳の肉体の媚薬となる。欲望に忠実なだけの口の奉仕が、心を蕩《とろ》けさせる。

「あ、ああ、いい……博人くん、いい……」

自分の開花しきった花園へ、両手で強く博人の顔を押しつけた。自然と脚が震えて、少年の体を支えにして立っているのがやっとになった。

「うぐっ、むんん……」

博人は濡れた粘膜に口と鼻を押しつけられて、息苦しくなる。しかし顔を離すには、あまりに魅力的すぎる。

先に音《ね》をあげたのは、真夏のほうだった。まぶたを閉じた顔を左右に激しく振り、こみあげてくる予感を口にした。

「あああ、もう、もう、このままだと……」

今まで自分で押さえつけていた博人の首を、自分の手で股間から剝がした。少年の手で開けられていた扉が、ひとりでに閉じたが、流れた愛蜜が周囲に残った水着の布に沁み入る。

真夏は自身の女蜜で濡れた博人の顔へ、欲情に満ちた視線を注ぐ。見つめられただけで勃起してしまう蠱惑《こわく》の目つきだ。博人も喉がカラカラになり、舌で口のまわりの花蜜を舐めとった。

「博人くん、水着を脱いで。あっ、いい、わたしが脱がす」

言い終わらないうちに、真夏の両手が水泳パンツをひと息に引きずりおろした。勃起しても皮をかぶったままのペニスが現われると、間髪入れずに剝いて、ピンクに張りつめた亀頭をあらわにしてしまう。今度は、博人が声を出す番だ。

「はう」

闘志満々の裸の亀頭を見つめて、真夏の美貌が自然とほころんだ。

瞳を輝かせる真夏の表情を目にして、博人は心臓の鼓動が速くなる。

（ものすごくエッチな顔になってる。真夏さんが、ぼくを本気で求めているんだ）

誇らしい気分になり、ペニスがそりかえった。

あからさまな反応を繰りかえす若い肉竿から、真夏は一瞬たりとも目を離さない。じっと見つめたままプールサイドに尻をつき、思いきりよく長い両脚をひろげた。

「入れて、博人くん」

左手を背後につき、尻を浮かして、股間を前へせりださせた。右手を添えて、今度は自分で淫らな花園を開花させる。博人の目に、再び女の熟した宝物が開陳される。さっきとは角度が違い、肛門のすぼまりまで視界に入った。

「お」

お尻、と思わず言いかけて、博人は口をつぐんだ。真夏が女のすべてを惜しげもなくさらけだしながら、かわいらしく小首をかしげた。

「お尻の穴まで見えるって言いたいの？」

「え、そ、それは」

「当然よ。わざと博人くんに見せてるんだからね。わたしのすべてを見てもらいたいもの」

「ありがとうございます」

「お礼はいいから、早く、入ってきて」

博人は返答を忘れて、前へ進んだ。クワガタムシの大角のように開いた両脚の間へ、華奢《きやしや》な裸身を沈める。二人とも全裸になると、博人の体格が細いのがよくわかった。

少年の目前にひろがる真夏の肉体は、大人の女の豊穣とアスリートの強靭《きようじん》さの理想的な統一だ。女体の美に心を打たれると同時に、淫靡《いんび》な空気に当てられて、脳内で性欲を司《つかさど》る物質がたぎる。

博人は両手で真夏の脇腹をつかみ、腰を女性器へ突き入れた。甘美なイメージのなかで、博人は見事に真夏との合体を成功させる。

「あれ？」

現実では、亀頭が肉襞の上でぬるりと滑って狙いがずれていた。ペニスはむなしく真夏の腹の上をうろうろしている。

「あれれ」

二度三度と腰を引いては前へ出すが、亀頭は右に左にそれた。困惑する博人へ、インストラクターらしい声がかけられる。

「最初なんだから、手を添えて入れればいいよ。わたしの前で見栄を張らなくてもいいからね」

「はい」

あらためて右手で肉幹をつかみ、淫花の中心へと亀頭を当てた。突き入れるというより、吸いこまれるように、ペニス全体が真夏のなかへと入っていった。

「あ、うっ、うう、真夏さん……」

「はあっ、ああ、博人くんが入ってくる」

少年と女のデュエットが、プールの水面に流れた。博人の童貞喪失を祝して、プールサイドを打つかすかな水音が連続する。

「これが、女の人のなか、すごい！」

「これが博人くんの。ああ、いい」

動きだそうとした博人の尻を、真夏の両手がすばやく押さえた。根元まで挿入して、腹と腹が密着したまま、動けなくされる。

「このまま、じっとしていて」

「え、なんで」

「最初は、わたしのなかを感じてほしい。だから、博人くんのは動かさないで」

そう言われると、拒否はできなかった。今すぐ腰を振りたてたかったが、我慢してじっとしていることにする。

真夏の両脚がそろそろと閉じて、博人の脚にからみついてくる。真夏の動きにうながされて、博人も脚を伸ばした。自然と博人の上体が前に傾いて、真夏の胸の上に乗った。柔軟な巨乳がたわんでクッションになり、まだ大人になっていない博人の体軀を優しく受けとめた。薄い胸に乳肉の感触がじわりとひろがる。

二人の手がそろって相手の背中にまわり、裸身と半裸身が重なり合ってプールサイドに横たわった。

博人は、真夏の吐息《といき》を感じ、心臓の鼓動を感じ取った。体温を知り、女の肌のきめ細やかさを読み取った。欲望の高まりはそのままに、奇妙に感覚が研ぎ澄まされている。

真夏の言葉の意味が、博人にもよくわかった。

ペニスが膣に入っているのではなく、全身が真夏に包まれている。濡れた抱擁のなかで、熱く、柔らかく、熟したものが、博人の一番敏感な部分にぴったりと密着する。

(動かなくても、気持ちいい。なんだか、真夏さんの身体のなかは、ぼくにぴったりと合うように設計されているみたいだ。そんなわけがないのにな)

体を弱火でコトコトと煮られているような、もどかしい快感だった。今すぐ激しく動いて、もっと強い快感が欲しいと思うが、ずっとこのままでいたいという思いも大きい。相反した欲望を抱えながら、今の状態がとても幸福だった。

(女の人とひとつになるのは、想像していたよりもずっとすてきなことだったんだ。それとも真夏さんが特別な女の人なのかな)

本当なら、今はなにも考えられずに、がむしゃらにピストン運動をしているはずだ。初体験の自分が、童貞を失いながら、いろいろと考えられるのは、やはり特別なことに違いない。

博人はわずかに首を動かして、真夏の顔を正面から見つめた。満ち足りたように見える美貌が、潤んだ瞳で見つめかえしてくる。唇が艶めかしく笑った。

「博人くんのオチン×ン、とってもよくなじむよ」

博人のほうが恥ずかしくなってしまう。

(こんなことを平気で言えるなんて、やっぱり真夏さんは特別だ)

「ぼくは、あ」

動いた。

博人ではなく、真夏のほうが動いた。

「なに？　なにか、動いてる！」

真夏の体内に別の手が隠れていて、ペニスを握っているのではないか、と思うほど膣壁が締まった。それも一様ではなく、亀頭が強くつかまれたかと思うと、肉幹の表面をなにかが這うように、握力が移動していく。

「うあ、あああ」

じっとしていようとしても、勝手に尻がもじもじと動き、背中が波打った。ペニスを握られているような、あるいはしゃぶられているような、しかし手の愛撫やフェラチオやパイズリとも違う、想像したこともない精妙な悦楽に翻弄《ほんろう》される。

「どうなってるんだ！」

としか言いようがない驚愕の体験だ。

「んっ……んふ……」

今まで以上に甘い熱気がこもった喘ぎが、博人の鼓膜をくすぐった。目の前で、真夏の顔が左右に揺れる。博人を悦ばせる女の技巧は、真夏自身にもせつない快感を与えているようだ。唇がほころぶと、歯の間で舌がちろちろとくねっているのがわかる。舌のうねりをのぞいていると、ルアーの動きに誘われる魚のように引きこまれて、真夏の唇を求めていた。

交わりながらのキスは、これまでの何度ものキスに比べてはるかに美味だ。博人ははじめて積極的に真夏の舌を吸いあげ、自分の口内へ招き入れた。口づけている間にも、勃起を悩ましく揉まれつづける。

下半身でふつふつと沸きたつ快感をぶつけるように、博人はディープキスを繰りかえした。その間に、明らかに真夏の吐息《といき》が激しくなっていく。博人は確信した。

(真夏さんも、動かしていると気持ちいいんだ)

いよいよ、すごいことをされていると実感する。二人分の唾液に濡れた口で告げた。

「ぼくも動いていいですか?」

「もう、我慢できない?」

「このままでもいいけど、ぼくも真夏さんを気持ちよくさせたいんです」

「いいよ。好きに動いて、わたしを気持ちよくして」

「はい！」

博人は猛然と腰を動かしはじめた。とはいえ単調に前後に動くばかり。腹を真夏にぶつけるだけだ。それでも、いや、それだからこそ、真夏は歓喜の声を高くした。

「ああっ、うんっ、博人くんっ」

真夏が少年に強くしがみついてくる。それまでの技巧を捨てて、年下の猪突猛進な攻めに身をまかせた。自分を解放して、十代のときのように博人にのめりこんだ。

「博人くん……博人くん……」

少年の狭い背中に両手を滑らせ、少女のように名前を呼ぶことが、最高の媚薬となった。若い亀頭に突きあげられるたびに、燃え盛るマグマが体を駆け昇ってくる。

「博人くん、たまらない。これ、こんなの、久しぶり、あああっ」

真夏は首をのけぞらせては、キスを博人の顔に降らせた。悦びを表現するために、キスしないではいられない。

博人も無上の快楽を味わっていた。もともとぴっちりと吸いついてくる肉壁のなかを、勢いをつけて前後させているのだ。亀頭も幹も濃密な刺激に途切れなく浸される。自分で責めているつもりでも、ペニスだけでなく体全体が気持ちよすぎて溶け崩れる気がした。

挿入前から巨乳を揉み、愛液をすすって、興奮の崖っぷちにいた博人は、たちまち限界に達してしまった。腰の奥で、射精のトリガーが盛大に引かれる。

少年が発射態勢に入ったことを、真夏が敏感な膣壁で感じ取った。

「出すの？」

「あ、はい！」

「うれしい」

真夏がとびっきりの喜びの表情を見せて、強く博人を締めつける。それが最後のひと押しとなった。

「うおあっ!!」

博人は灼熱の大波が、全身を突き抜けた気がして、背中をそらせた。自慰では絶対に到達できない高みへ、身も心も飛翔する。

真夏も、精液の奔流に身体の奥底を打たれて、少年を追って舞いあがった。

「んっ！　くっ！」

水泳で鍛え抜いた背筋が身体を弓なりに曲げて、博人の体重を持ちあげた。腰から鋭い痙攣《けいれん》が全身に伝わり、二つの乳房の山が大きく揺らいだ。眉間《みけん》に深いしわが刻まれる。

「ああ、流れてくる……イクっ!!」

「真夏さん、ううっ!!」

二人は言葉を失って硬直したまま、ともに数秒を過ごした。

こわばった筋肉から、徐々に力が抜けていき、ようやくまともな意識を取り戻すとともに、博人はあらためて自分が成し遂げたことに深い感銘を受けた。

(ついにやった！　ぼくは真夏さんとひとつになれたんだ。信じられない。だけど、今でもぼくは真夏さんとつながっているんだ。あれ？)

ふいに、脳の奥底で奇妙な感覚が蠢《うごめ》いた。違和感はすぐに脳全体にひろがり、デジャビュへと成長した。

(前に、こんなことがあった気がする。プールで年上の女の人といっしょにいた。そうだ。市民プールだ。いっしょに行ったのは姉さんだった。でも姉さんじゃない……別の女の人、いや、お姉さんだ……)

自分の体が縮んで、幼稚園児に戻った。耳を打つプールの水音以外のすべてが、あのときに戻った。現実ではない、脳内世界へのタイムトラベルだ。

市民プールに集《つど》う大勢の家族や若者たちの喧騒《けんそう》が聞こえるなかで、幼稚園児の博人はお姉さんに抱かれていた。さっきからお姉さんは人形ごっこのように、小さい博人を抱き、赤ちゃん言葉をかけてくる。三千代ではない。本当の姉はさっきから遠くで、なにかをじっと見つめている。

お姉さんに抱かれているのは気持ちいいけど、赤ちゃんみたいに扱われるのには、博人は嫌気がさしていた。

『もう、プールに入ろうよ』

博人が言うと、お姉さんがニッと笑った。

『いいよ。わたし、泳ぐの、すっごく速いんだから』

博人はお姉さんと並んで、水へ跳びこんだ。泳いでいる。博人は確かに、市民プールで泳いでいる。なんの疑問もなく、恐れもなく、なにも考えずに手足で水をかいている。泳ぐことは、ごく自然なことだった。

自分がお姉さんといっしょに遊んでいることを忘れて、博人は泳ぐスピードをあげようとした。

そのとき、突然胴体に二本の腕がしがみついてきた。背骨がへし折れるかと思う強さで締めつけられる。

『苦しい!』

あわてて振りかえると、お姉さんの顔が目の前にあった。プールサイドでは優しかった顔が、ホラー映画に出てくる悪霊《あくりょう》そっくりの顔に変化して、博人に食らいつこうとしている。博人は悲鳴をあげたが、開いた口にどっと水が入ってきて、声をふさがれた。助けを呼ぶことすらできない。

『うぶっ、ううう……』

悪霊と化したお姉さんに、水のなかへ引きずりこまれる。プールの底に扉を開いた死の国へと連れていかれる。甦《よみがえ》った記憶のなかで、博人は水中で叫びつづけた。

『殺される！　お姉さんに殺される！　殺される！』

無限の水圧が、博人の全身を押しつぶそうと圧迫してくる。気が狂うほどの恐怖に溺れ、意識が闇に堕ちた。

闇のなかに、自分を溺れさせたお姉さんの顔だけが浮かんでいた。その顔が、現在、目の前にある顔と重なる。

同じ顔だ。だからこそデジャビュが起きたのだ。

博人は目を丸くして、今も自分を抱いている年上の女に尋ねた。

「真夏さん……だったのか？　ぼくを溺れさせたお姉さんは」

「あ、やっと思いだした？」

真夏が顔に安堵《あんど》の色を浮かべた。

「あのとき、わたし、足がつったの。はじめての経験だった。パニックになっちゃって、溺れた人がよくやるように、そばにいた博人くんにしがみついて、結局博人くんを沈めてしまった。あとで三千代に聞いたら、博人くんは泳ぎ方といっしょに、わたしのことも忘れていた。きっと怖くて、溺れる原因になったわたしを封印したのね。わたしは何回も博人くんに会ってあやまろうとしたけど、小さい博人くんには無視された。まるで目の前に立っているわたしが見えなくて、声も聞こえないみたいだったよ」

「そんなことがあったんですか。それも全然覚えていない」

「人の心の不思議ね。三千代から博人くんとの実験のパートナーになってほしいと頼まれたときに、わたしのせいで泳げなくなった博人くんを、もう一度泳げるようにするチャンスだと思って引き受けたの」

「それじゃ、ぼくとこんなことをしているのも、罪滅ぼしのためなんですか？」

「はじめはそのつもりだったけど、すぐに忘れちゃった。こんなに気持ちいいんだもん。ねえ、わたしのこと、許してくれる？」

真夏が恥じらいの表情になった。博人をまっすぐに見つめているが、唇が照れ笑いしている。

（今の真夏さん、すごくかわいい！）

感嘆とともに、温かい粘膜に包まれたペニスに力がみなぎり、回復を見せはじめる。

膣内の変化を感じて、真夏が小首をかしげた。

「これは、許してくれるというサインかな？」

「もちろん、そうです」

（このまま、もう一度できそうだ。えっ？）

プールサイドに横たわる真夏の脇腹の近くで、なにかがぶつかる音がした。博人が顔を向ける前に、頬に衝撃が走る。

バウンドした黄色いテニスボールが、頬にぶつかったのだ。

「ぐぎゃっ！」

ひしゃげた悲鳴をあげて、博人の体が横へ傾《かたむ》いた。真夏の股間から、濡れた男根がすっぽ抜ける。かっこわるく博人はプールサイドから水面へと落下して、盛大に沈没した。

博人の顔面ではねかえったテニスボールを、空中で真夏の右手がつかんだ。すばやく立ちあがり、ボールに一瞥《いちべつ》をくれて、屋内プールにけわしい声を反響させる。

「こんなひどいことをするのは誰か、わかってるよ。出てこい！」

特訓④～飛び入り 私たちにも食べさせて!?

バシャバシャと水をかいてプールサイドにあがった博人の耳に、やたらと勝ち誇った声が飛びこんできた。

「ふん！　真夏に当てるつもりだったけど、ちょっと手もとが狂ったな」

博人と真夏が交わっていたプールサイド側の扉が、大きく開いているのが目に入った。二人とも自分たちのことに夢中になっていて、今まで気づいていなかった。

開け放たれた扉の前に見知らぬ女性が二人立っているのを見て、博人は泡を食って全裸の体をまた水中に潜らせ、岸に手をついて首だけを出した。水族館のアザラシが餌を待っているようなポーズで、こちらへ近づいてくる人影を見つめる。

侵入者は二人とも、真夏が愛用しているものと同じ白地に赤いラインが入ったジャージの上下を着ていた。盛りあがった胸には、スポーツフロンティアズのイニシャルである『SFS』のロゴがある。ひとりは右手にグラスファイバー製のテニスラケットを日本刀のように握り、もうひとりは手にしたビデオカメラを真夏へ向けている。

博人の顔にボールをぶつけた張本人であろうラケットの女が、少し低音だがよく通る声を出した。

「そこのフリチン少年」

「は、はい！」

博人はわけもわからず、壺に吸いこまれるように返事をしてしまう。その口調が、博人が所属する二年四組の、いつも眼鏡を光らせている女クラス委員長に似ているためかもしれない。

「自己紹介してやる。わたしの名は久谷稜《くたにりょう》。この水巻アスレチックセンターのテニスインストラクターだ」

稜と名乗った美女は、女としては長身だ。博人より少し背の高い真夏よりもさらに高い。ジャージを盛りあげるバストは、真夏より小ぶりだが、全体のプロポーションのバランスは理想的だった。男なら誰でもジャージを脱がせて、裸を見たいと願わずにはいられない身体つきをしている。

身体もすばらしいが、なにより顔が印象的だった。獲物を狙うように博人をにらむ美貌は、牝猫、それもペットではなく野生の山猫をイメージさせた。細く力強い眉の下に、切れ長の吊り目が鋭い眼光を浴びせてくる。鼻梁《びりょう》はすっきりと伸び、唇は薄く涼やかだ。長い髪は後ろでひとつにまとめられて、ポニィテールにしてある。かわいい髪形が、大人の美貌と、ミスマッチな造形美を形成した。

さわやかというより酷薄な雰囲気だが、あふれる強烈な魅力に、博人は引きつけられた。

「年齢は、真夏と同じ二十七歳。わたしが二カ月と三日、上だがね」

真夏がやれやれという顔で口を挟んだ。

「相変わらず、上下にこだわるのね、稜は」

「当然だ」

と、稜が断言した。言葉のすべてが歯切れいい。

真夏は脚を閉じ、両腕を胸の前で組んで乳房を隠しているが、とくにあわてた様子はなかった。稜のほうも、同じ職場で働く同僚の身体は見慣れているようだ。

にらみ合う真夏と稜のけわしい雰囲気とは対照的に、ビデオカメラを構えたもうひとりが、ニコニコと笑みをふりまき、左手を博人へ向かってひらひらと振った。

「はじめまして。あたしは河本亜矢美《こうもとあやみ》です。水巻アスレチックセンターのアイススケートのインストラクターなんですよ。あなたと真夏ちゃんがイチャイチャしているところは、みんな撮影させてもらいました」

とんでもないことを、まるで親戚の子供の運動会を撮影したような口調でしゃべる。ほがらかな口調にふさわしく、見るからにふわふわした美女だ。

軽くウェーブのかかった黒髪がかかる、ふっくらした頰。しっとりと潤んだ丸い瞳に少し低い鼻。厚めの唇は、人のよさそうな笑みをごく自然に形作っている。

隣りに立つスマートな稜と比べれば、背が低く、ふっくらとした体形だ。抱きたいというより、抱かれたいと思わせる柔らかさと暖かさを、ジャージ姿の全身から発散している。

熟した女の落ち着きと少女のような愛らしさが混ざって、年齢不詳の雰囲気を漂わせている。真夏よりも年長と言われればそう見えるが、年下と言われても納得できた。身にまとった若やいだ空気は、十代でも通用するかもしれない。

横から稜がつけ加えた。

「亜矢美は三十歳だが、わたしの下だ。そこをよく覚えておくように」

「稜ちゃん、ひどーい。年をばらさないでよ」

なにが稜より下なのか、博人にはわからないが、亜矢美本人は全然気にしていないようだ。

そもそも二人の年齢よりも、上下関係よりも、もっと重大な事態で博人の頭はいっぱいになっている。

(見られた。真夏さんとの関係を見られた。どうしよう。どうしたらいいんだ！　変な誤解をされる前に、ちゃんと説明をしないと)

「あの」

とプールサイドに引っかかった姿勢で、稜と亜矢美に話しかけた。

「これは、あの、ぼくと真夏さんがしていたことは、あなたたちが想像しているようなことじゃなくて、そう、仕事なんです！　スポーツフロンティアズの許可を取ってやってる実験なんです！」

稜と亜矢美が顔を見合わせ、また好奇心丸出しの目でにらみつけてくる。

「仕事？　実験？　どういうことだ」

「こんな楽しい仕事が、スポーツフロンティアズにあるなんて、知らなかったわ」

「それは、その」

博人のあたふたした言葉をさえぎって、稜が問いつめてきた。

「だいたい、フリチン少年は誰だ。真夏の生徒かい」

「ぼくは津田博人と言います。姉がスポーツフロンティアズの関東食品研究所で働いていて」

「津田三千代先生の弟なのか」

「姉さんを知ってるんですか」

「三千代先生はスポーツフロンティアズのなかでは有名人だ。アスレチックセンターのインストラクターは、みんな一度は実験に協力させられてる。その天才化学者の弟が、夜中に真夏とセックスしてるとは、とんでもないスキャンダルだね」

「違います。だから、これは姉さんの実験なんです。ちゃんとスポーツフロンティアズの許可も取ってあるんです」

「これが実験だなんて、信じられるかい」

真夏が首を振って、うんざりという顔になる。

「ああ、もう、三千代本人に説明してもらおうじゃないの。稜、携帯を持ってる?」

「ああ」

稜がジャージのポケットから出して放り投げた携帯電話を、真夏が受けとると、三千代の番号を押した。

一分もかからずに、いつも博人たちが出入りしている扉が開いた。白衣の裾をひるがえし、眼鏡のレンズを照明にきらめかせて、女が堂々とした足取りで入ってくる。医務室の当直医でもなければ、アスレチックセンターで白衣を着ているのはただひとり。

津田三千代その人だ。

「姉さん!」

博人は童貞喪失直後の姿を姉に見られるかと思うと、顔から火柱が噴きあがった。三千代が近づくにつれて、水中でじたばたしてしまう。

当の姉は、弟の快挙を祝福して微笑みかけると、白衣の内側から出したバスローブを半裸の真夏に手渡して、ジャージの二人に対面した。

「久谷さん、河本さん、お久しぶり。去年の実験のときはどうもでした」

おだやかな口調は、弟がけっこうな修羅場にいることも感じさせなかった。自分に向けられる四個の不審と疑惑の目も、意に介していないようだ。

弟は胸の内で嘆かずにはいられない。

(やっぱり姉さんは研究のためなら、なんでも許されると思ってるんだ。世間に知られたら、おっそろしくまずいことなのに……)

稜が挑戦的な目で、三千代を値踏みする。

「なあ、天才先生。説明してもらおうか」

「喜んで」

三千代が研究所での事故のことから、博人を真夏にまかせたことまで、簡潔に説明した。会社のえらい人にプレゼンテーションし慣れているのか、簡潔でよくわかる解説だ。

「というわけで、まなっちとひろくんにいっしょに生活してもらっているわけなのよ」

「なるほどね。真夏が仕事を休んで、宿泊室にこもって、なにをしているのかと思ったら、そういうことか。スポーツフロンティアズの許可は取ってあると言ったが、上の連中は、真夏と弟くんがセックスしてることも承知しているのか？」

「それは……まあ……ぼちぼちとね」

それまで立て板に水とばかりにまわっていた三千代の舌が、急に動かなくなった。

稜の瞳が、逃げ遅れたシマウマの子供を見つけたチーターのように、ギラリと光る。

「嘘だね。社員と未成年とのセックスを、会社が認めるはずがない」

三千代があいまいな笑みを浮かべた。

「まあ、本当のところは、そうなんだけど。細かいことはデータの数値以外は気にするなと、フレデリック・バンティング博士も言ってる。あ、バンティング博士はインシュリンを発明して、ノーベル化学賞を取った人よ」

明らかな口から出まかせを無視して、稜がラケットの側面で、三千代の左肩をトントンと叩いた。

「つまり、真夏が少年を食ったのは、純粋に真夏の趣味というわけだ。こんな不祥事が世間に知られたら、スポーツフロンティアズが倒産してしまうかもね。真っ当な社員としては、上に報告しないといけない。真夏と先生は確実に処分ものだね」

ねちねちした陰湿な内容を、稜がはきはきした軽快な口調で語った。

バスローブを羽織《はお》った真夏が、我慢できなくなって声を荒げた。

「稜、なにが目的よ」

「なあに、簡単なことさ。わたしたちも三千代先生の重要な実験の被験者に志願したいんだ」

稜と亜矢美の視線が、博人の顔に注がれた。自分に向けられる二人の美女の表情の意味を、博人ははっきりと理解できた。稜の切れ長の目にも、亜矢美のきらきらした瞳にも、若い肉体への欲望があからさまにあふれているのだ。二人とも隠すつもりはまったくない。

「ぼくが」

犠牲になります、と言いきる前に、三千代が両手を叩いて、景気のいい音をたてた。さっきまでのあいまいな微笑が消えて、会心の笑顔で告げた。

「それはいい！　二人ともまなっちと同じく優秀なスポーツ選手だし、年齢も近いし、いいサンプルになる。大助かりの大歓迎よ！」

「えええええええ！」

博人の素《す》っ頓狂《とんきよう》な声が水面を渡って、屋内プールの壁に反響した。

☆

三千代の発言は新たな波乱を呼び起こし、真夏と稜が紛糾したあとに、舞台はアスレチックセンターの宿泊施設の廊下に移った。

博人と真夏が同棲している『前畑の間』のすぐ左隣りに位置する『ウィンブルドンの間』と記されたドアの前で、バスローブの真夏とSFS印ジャージの稜が険悪な視線をぶつけ合っている。間にTシャツとバミューダパンツに着替えた博人を挟みこんで。

二人のインストラクターにサンドイッチにされて、博人の胸には、真夏のバスローブ越しの巨乳が容赦《ようしや》なしに押しつけられている。バスローブの胸もとが大きくひろげられて、半分ほどのぞく乳肉の山が、博人の胸にぶつかる圧力でふるふると揺れた。

背中には稜のジャージに包まれたバストが密着してくる。Tシャツの薄い布を通して伝わってくるボリューム感は、真夏よりは小ぶりとはいえ、実に立派なものだ。

二人の美女が誇る美乳の極上の感触を、胸と背中で享受するという、男なら一度は夢見る境遇にいながら、博人は浮かない顔だった。

目前の真夏の顔が、博人を通り越して、背後の稜へ向けられているからだ。オリンピックの出場枠をめぐってライバルと争っていたときも、こうだったのではないかというけわしい顔つきで、博人の頭の後ろをにらみつけている。

首をねじって後ろを見れば、稜も同じ表情だ。これからテニス大会の決勝戦を闘う相手選手に向ける目つきになっていた。

スポーツとは無縁で、他人と競い合うことが苦手な博人は、すっかり気おくれしている。自分をめぐって二人の女が対立するというシチュエーションが、人生で起ころうとは想像したこともなく、どうしていいのかさっぱりわからない。

「博人くん」

真夏に名前を呼ばれて、博人はあわてて返事をした。

「はい」

「しかたなく稜にあずけるけど、こいつはとんでもない女だから、なにかあったら、すぐ逃げてきて」

「なにかって、なにがあるんですか」

博人の言葉は、背後の頭上からの低い声にさまたげられた。

「未練たらしいね。真夏はもっとさっぱりした女だと思っていたよ。これから三日間は、少年はわたしだけのものと決定したんだ。口出しはしないでもらいたいね」

三千代と話し合った結果、実験の公正を図るために、博人は真夏と暮らしたのと同じ時間を、稜と亜矢美の二人と過ごすことになった。つまりこれから何日も、真夏とは会えないということだ。

「そんなことは、充分承知してるよ。だから、しばしのお別れの挨拶《あいさつ》に」

「わっ！」

博人は頭を、真夏の両手でつかまれた。心の準備をするひまもなく、唇を重ねられ、舌を挿《さ》しこまれてしまう。

「んっ、ううん……」

「んむ、んふう……」

この三日間で最高に強烈なキスだ。口内を舌でねぶりまわされる。今までは真夏の唾液を送りこまれることが多かったが、今は命を吸いとる勢いで唾液を吸引された。

博人の体感では何分もつづいたキスが終わると、離れた真夏の顔にせつない色が表われていた。稜への対抗心とは異なるなにかがある、と博人は思いたかった。

「真夏さん、あの、心配しないでください。ぼくは……会ってからたった三日で、こんことを言うのはおかしいけど……でも本当に……」

一度口ごもり、少し顔をうつ向かせた。まっすぐには真夏の目を見られない。今まで一度も女性にこの言葉を言ったことはないのだから。

「……真夏さんが好きですから」

真夏の動きがとまり、見るみる顔が赤くなった。

「博人くん、そんなこと、いきなり」

「あの、聞いてください。その、ぼくは」

博人はもっとなにかを言いたかった。しかし今度は姉に邪魔された。

三千代は、弟のはじめての告白を興味深そうに観察していたが、本能ともいうべき学者としての義務感が先に立った。

「はい、そこまで！　ここからは稜さんの実験タイムよ。まなっちは離れて」

白衣の手がバスローブの腕をつかんだ。博人の胸に密着する巨乳が離される。

自分の胸を押す甘美な圧力がなくなった途端、博人は今まで知らなかった強烈な喪失感に襲われた。自分にとって必要不可欠なものが、あっさりともぎ取られたようだ。他人と別れるのが、これほどさびしいと感じたことはなかった。自分でも言ったように、再会してからたった三日間だけしか過ごしていないのに、真夏の存在は恐ろしく大きかった。

博人の心の空虚を埋めるように、真夏が最後に笑顔を向けた。

「博人くん、そんなに心配しなくてもいいよ。対抗心で稜のことをいろいろ言っちゃったけど、スポーツフロンティアズに同期で入社して以来の付き合いだから、よく知ってる。稜は少し変わった趣味をしてるけど、けっこういい女だよ。ある意味、わたしと似てるところもある。博人くんも気楽にね」

別れのつらさに顔をこわばらせる博人へ、亜矢美がひらひらと手を振ってきた。女二人の修羅場とは関係ない顔をして、左手には大事そうにビデオカメラを構えたままだ。

「三日たったら、次はあたしね。楽しみに待ってまあす」

場の空気を全然読んでいない亜矢美のほがらかな笑顔にも、博人はなんと応じればいいのか、わからなかった。

真夏は博人と過ごした三日間の影響を診るために、これから三千代がアスレチックセンター内に設けた臨時研究室へ向かうのだという。亜矢美は自宅へ帰るそうだ。真夏、三千代、亜矢美の三人が廊下の角にあるエレベーターのなかに消えると、博人と稜だけが取り残された。

二人きりになると、テニスインストラクターはニッと笑い、背後のドアを開けて、後ろ向きに室内へ入った。

「さあ、入ってこい。ここが、わたしと少年のスィートホームだ」

「あの、稜さん。せめて名前で呼んでください」

真夏と自分を引き離した張本人へ、博人は威嚇《いかく》の表情を作り、硬い声で告げた。しかし博人がどんな怖い顔をしても、稜には影響を与えられない。

「少年みたいなヒョロヒョロのお子ちゃまがすごんでも、全然怖くないね。高校や大学では、テニス部の代表として、応援団や格闘系クラブの大男たちと予算や校庭の分捕り合いをしてきたんだ。博人が怒った顔をしても、かわいいだけだね」

容赦《ようしゃ》のない指摘を受けて、博人の慣れない顔つきは、すぐに崩れてしまう。自分でも似合わないとは思っていた。

「でも、名前は呼んであげよう。さあ、博人、ようこそ二人の愛の巣へ」

「愛の巣ですか……」

「その、なんだかなあ、という顔をするのはやめろよ」

招き入れられた室内は、あたりまえといえばあたりまえだが、隣りの『前畑の間』と同じ作りだった。自然と目がいくベッドも、やはりダブルベッド。

（稜さんも、ぼくといっしょに寝るつもりなのかな）

博人の脳裏に、真夏とベッドをともにしたときのことが思いだされた。屋内プールでの激しい交わりは最高だったが、ベッドのなかで手足や胴体の一部が触れるのもドキドキして楽しかった。数十分前にパイズリとフェラチオで射精したばかりなのに、手の甲同士がかすめるだけで、心臓の鼓動が大きくなるのが不思議だった。

（ひとつのベッドに入ったら、稜さんの雰囲気も変わるかもしれない。もしかしたら今までのはきつい態度は照れ隠しで、二人きりになったら急に優しくなる女の人だったりして。もしそうなっても、ぼくは真夏さん一筋だけどね。そういえば）

自然と、夏休み前の教室でゲームマニアのクラスメイトと交わした会話が頭に浮かんだ。

（そんな性格の女の人を、岡本がなんとかかって呼んでたっけ。ツンドラとかツルペタとかズンデルとか……）

博人の希望的妄想も、当の稜のいちだんと低くなった声にかき消されてしまった。

稜がベッドの端に腰かけて、じろりとにらんでくる。

「今、バカみたいなことを考えていないか？　わたしがツンデレだとか」

「あっ、それそれ！　ツンデレだ」

「その言葉を、わたしに使うな！」

稜の声がいちだんと厳しくなった。博人は反射的に肩をすくめ、稜の顔色をうかがってしまう。

「な、なにか、まずいんですか」

「わたしが教えている若い男のなかには、少し厳しくするとすぐに、今はツンツンだの、そのうちデレになるだの言って、わたしのことを勝手にツンデレキャラだと決めつけて、変な期待を持つんだ。そういう連中にはさらに厳しくして」

稜の右手が硬く握りしめられる。博人の心の目に、激しいオーラを放つ拳《こぶし》がつかむ存在しないラケットがありありと見えた。

「幻想を粉々に打ち砕いてやることにしている」

「そんなことをして、お客さんが減らないですか？」

「いいんだ。遊び半分でテニスをする、ぬるい連中の相手はしたくない」

（アスレチックセンターに来る人は、みんな趣味でテニスをやってるものだと思うけどなあ）

　博人が抱いているテニススクールのイメージでは、ひまをもてあました奥様が、色男のコーチに手取り足取り、そしていろいろなところを取られて、黄色い歓声をあげている。もちろん、そんなことを口にする気にはならなかった。うっかり言ったら、見えないラケットが頭に振りおろされるだろう。

「だから、明日からは博人にビシビシとテニスを叩きこんでやるからな」

「えっ！　ぼくはテニスを習うつもりはないんですけど」

「真夏とはプールに入っていたくせに」

「それは、ぼくが小さい頃に溺れたトラウマで泳げなくなったのを、真夏さんに治してもらうためです」

「人生には水泳も大切だが、テニスも重要だ。あのときテニスを習っておけばよかったと思う局面が、人生には必ず来るね」

「想像できません」

「来るものは来る」

　稜の右手が空気を切って動いた。見えないラケットが打った見えないボールが飛んできて、博人は思わず首をすくめた。

「その前に、真夏の匂いを消してやる」

「えっ！」

稜の右手が伸びてきた。存在しないラケットのガットを、博人は後頭部に感じた。

後頭部をつかまれ、顔を前へ押しだされる。待ちかまえているのは、舌なめずりをしている稜の口だ。予想外に長い舌だった。博人はとっさに首を振って逃れようとしたが、テニスインストラクターの握力で頭を固定されて、逃亡は不可能だった。

「むわっ！」

鼻を舐められた。それも鼻の穴を、尖《とが》らせた舌先でつつかれた。気持ちいいとはとても言えない変な感覚が、鼻腔のなかをうぞうぞと走る。

「こ、こんなの、キスじゃない」

「ディープキスというものを知らないか」

「ディープキスってこういうものじゃなくて、ひやっ！」

稜の舌が容赦《ようしゃ》なしに、顔中を這いまわる。博人は猛獣に食われる小動物になった気にされる。額《ひたい》やまぶたや頬や耳の穴まで舐められて、ようやく唇を奪われ、舌を口内に挿入された。

「あうっ、んんっ」

「んふ、ふふふ」

毒蛇のように獰猛《どうもう》な舌に、歯の一本一本をなぞられ、頬の裏側をつつかれた。口内をさんざんねぶりまわされる。最後に舌を強くしゃぶられて、博人は長い舌の攻撃から解放された。

「あああ……」

博人は魂を抜かれたように、ベッドに腰を落とした。真夏からされたキスは愛撫だったが、稜のは捕食だ。博人の魂の一部を食おうとする行為だった。

「今夜は、真夏を忘れさせてやる」

稜がひらりと跳び、ベッドの上に立った。博人の顔の前に、白いジャージの下半身が立ちふさがる。

「今夜は博人の好きにさせてやる。わたしの身体を思うままにしてみな」

見あげる博人の顔を、稜の凶暴な顔が見おろした。男子高校生の唾液に濡れた舌で、唇を舐めている。

「稜さんが好きにすればいい。ぼくは真夏さん以外の女の人を、自分からどうこうする気にはなれない」

「そういうしおらしいことを言う子供は好きだね。だが、お子ちゃまでも博人は男なのさ」

稜の手が自分のジャージのパンツをつかみ、すばやくおろした。

博人は見てはいけないと思ったが、本能には逆らえず、ジャージから解放された部分に目を向けてしまう。

ジャージのなかから現われたのは、博人が予想したパンティではなかった。黒いスパッツだ。光沢のある漆黒《しっこく》の布が、へそのすぐ上から両脚の膝上まで、下腹部と尻と太腿を完全に防護している。

とはいえスパッツの密着ぶりは、真夏の競泳水着といい勝負だった。ウエストから腰へひろがっていくむっちりしたライン。腹から股間へおりていくなめらかなカーブ。スポーツウーマンらしいたくましい太腿の円周。なにより恥丘の蠱惑《こわく》的な盛りあがり。女の下半身を構成するすべての艶めかしい曲線が、黒く塗られてむちむちと強調されている。

成熟した女の魅力を凝縮したスパッツに見とれる博人は、もうひとつの妖しい刺激に包まれていることに気づいた。今思えば、いつもプールの水に濡れていた真夏との経験からは、すっぽりと抜け落ちていたものが、濃密に漂っている。

匂い、だ。

熱気を孕《はら》んだ稜の体臭が、博人の顔や首に粘りついている。嗅いだことのない不思議な匂いだった。花の薫りのようなさわやかな香気とはほど遠い。まさに人間の体臭なのに、信じられないほど心地よく感じる。

「こ、この匂い……なんですか?」

「わかるかい。わたしの肉体の匂いだよ。今まで付き合った人間に言わせると、妙に人を興奮させる匂いだそうだ。前に三千代先生の研究に参加したときも、先生は興味深い体臭だって褒《ほ》めてくれたよ。まさか、三千代先生の弟に嗅がせることになるとは思わなかったね。ほら、もう勃起してる」

稜に指摘されなくても、博人は体感していた。すさまじい勢いで血液が下半身に集中している。たちまち海綿体が充血して、パンツのなかで肉茎が痛いほど硬直している。これは意志の力が介在しない、肉体そのものの反応だ。頭が興奮するより先にペニスがたぎっている。勃起の勢いに引きずられて、脳が赤く染まっていく。

「博人がもっと女性経験を積んでいれば、こんなには激しい反応しなかっただろうね。ちょっと体がざわざわするくらいですむはずだ。そんなに激烈に勃起するのは、博人がまだお子ちゃまだという証しさ。さあ、どうする? 博人のえらいことになってる肉棒をどうしたい？」

目の前で、女体がつまってぱんぱんに張った黒いスパッツが前後左右にうねった。艶めかしいというより力強さを感じさせる動きだ。大腿筋の伸縮が、黒い布を通して見えている。しかし左右から強靭《きょうじん》な内腿に挟まれて、恥丘の高さが変化する様子はどうしようもなく煽情的だ。股間が前へ突きだされるたびに、博人は顔を淫らな熱風で撫でられる。

連続する淫風とともに、次々と新たな体臭が運ばれてきて、少年の鼻腔から肺の細胞のひとつひとつにまで沁みこんだ。心臓が爆発しそうに高鳴り、全身をめぐる血管が裂けて、体中の毛穴から血の汗が噴きでそうになる。

「真夏よりもすごい身体を欲しくないか」

「ま、真夏さんは、特別です」

その特別な女体を知ったばかりの少年が、目の前に差しだされた新たな女体を我慢するのは不可能だった。新鮮な血液を股間に奪われた大脳は、ほとんど機能を停止して、体中で最も血液が集中しているペニスが命令を下した。

もっと女の肉体を知りたい。

もっと女体から与えられる悦びを、自分のものにしたい。

勃起したときから、敗北は決定していた。

「うおああっ！」

野獣というには少々迫力に欠ける叫びを発して、博人は目の前のスパッツにしがみついた。少年を誘う黒い恥丘へ、顔面を思いっきり押しつける。

「うんっ、うんんん……」

布越しの女肉の柔らかさで、顔を包まれた。稜の体臭がさらにきつくなり、ますます全身が昂《たかぶ》る。

「んっ、んうっ、くふう！」

博人は犬と化して、太腿の間を執拗《しつよう》に舐めた。舌の力でスパッツを舐め溶かそうと、唾液で布をベタベタにする。

稜の腰が、博人の顔をくっつけたままうねうねとくねった。逃げるように、あるいは迎合するように、唾液が沁みこんでさらにスパッツが密着した尻が動きまわる。

「あはっ！　いいっ！」

稜は両手の指で博人の頭をつかみ、髪をくしゃくしゃにかき混ぜている。少年の舌から与えられる愉悦に身体を焼かれて、じっとしていられない。

「博人、いいぞ。真夏が夢中になるのもわかる、はああっ」

自然と湧いてくる愛液が、次々と博人に吸われる。吸われる悦びに、ますます蜜が溢れ、稜の下半身を蕩《とろ》けさせた。博人につかまれる尻たぶが、引きつっては弛緩する動きを繰りかえしている。

稜の低めの声が、一気にオクターブを高くした。

「嚙め！　スパッツを嚙みちぎれ！」

催眠術にかかったように、博人は命令に従った。自分の唾液と女蜜で内外から濡れた布に前歯を立てて、強く引いた。黒いスパッツはもともと破られることを前提に用意したものなのか、あっさりと布が引き裂かれる。

「ああっ！」

自分で破って、博人は驚嘆の声をあげた。稜はパンティなどつけていない。目の前に、裸の恥丘全体があらわになった。

博人を翻弄《ほんろう》する体臭が、いっそう強くなる。稜の腰を抱えたまま、どこか別の次元へ飛んでいく気がする。芳香に誘われるまま、博人は股間に顔を差し入れて、稜の秘密の場所を見あげた。真夏のソコはぴっちりと閉じていたが、稜は少しほころんでいた。春の陽射しに暖められて、今にも開きそうな繊細な肉の花だ。

（ああ、違ってる。真夏さんとは、同じようだけど違うんだ。なかはどうなってるん

だろう）

命令が下される前に、真夏のときと同じように両手の指で肉唇を全開にした。

（あっ、熱っ）

博人の顔に、ポタポタと温かい雫《しずく》が落ちた。鮮やかに色づいた肉襞はべっとり蜜にまみれていた。しきりに花蜜がこぼれ落ちて、少年の顔を濡らす。クリトリスは自分から包皮を剝いて、ピンクの肉粒が硬く勃起していた。ひくつく肉襞の中心では、秘孔が開閉を繰りかえして、今すぐにも博人を呑みこみたがっているようだ。

博人は遠慮なく、稜の女そのものにキスした。いや、顔全体をぶつけた。鼻を、ひろげた女性器のなかに挿《さ》しこんで、粘膜を掘りかえすように動かし、それまでの体臭とも異なる熟した女の匂いを貪《むさぼ》った。

「ああ、いい匂いだ。たまらない」

薫りの次は、味を知りたい。舌を秘粘膜に這わせて、溢れる蜜を舐めとる。やはり真夏とは異なる甘美な味覚が、舌の表面から口いっぱいにひろがった。

「すごい、ああ、んっ、んんん」

舌先が稜の肉孔に入ると、猛烈な力で締めつけられた。収縮する括約筋に負けまいと、博人は懸命に舌を動かし、肉壁をこじ開けていく。強烈な圧迫とともに、女の味がいっそう濃厚になった。

「ああっ、博人、いい舌使いだ。真夏にたっぷりと教えられたな、あふっ！」

稜の尻のくねりがますます激しくなり、足の下でベッドがギシギシときしむ。毅然としていた美貌が喜色に染まり、見えない男根を舐めているかのように舌が空中をかいた。舌先から垂れる唾液の雫《しずく》が、自分の顎を濡らす。

「ふあっ、いいっ、気持ちいい。もう、たまらない！」

稜は博人の頭を股間に押しつけたまま、ベッドにスパッツの尻を落とした。

当然博人もいっしょにベッドに倒される。首にプロレス技をかけられたような衝撃が走ったが、気にもならなかった。揺れるベッドがあげる音も、博人には艶めかしい喘ぎ声に聞こえている。

「舐めるのは、もういい。博人の肉棒が欲しい！」

言われるままに立ちあがった博人の前で、稜が両手を背後のベッドについて身体を支え、両脚をあげた。博人が穿いているバミューダパンツの裾が、稜の両足の親指と人差し指が挟まれる。稜が得意げに軽くかけ声をあげた。

「よっ」

驚いたことに、足の力で器用にパンツが引きずりおろされる。つづいてトランクスも足で脱がされて、燃え盛る男の下半身が全開になった。

Tシャツの下は裸の少年と、ジャージのシャツに破れたスパッツの美女が、ともに赤く染まった顔で見つめ合った。

ふいに稜の顔の筋肉が、意地が悪そうに動いた。

「勃起しても、剝けないいんだな」

「あ、それは」

「いいね。剝くのは大好きだ」

見せつけるためにゆっくりと舌なめずりをして、またもや慣れた調子で両脚を博人の腰へ伸ばした。迷うことなく左足の指で、張りつめた亀頭の下を支えた。今にも爆発しそうなペニスを、はじめて稜に触れられて、博人は声をあげてのけぞった。

「ふひゃ！」

暴れる若い男根が、左足で巧みに捕まえられる。さらに右の足指で、先端の皮を挟まれた。

「剝くぞ。そうれ！」

「はうっ！」

稜のかけ声も鮮やかに、そのまま剝きおろされる。ペニスにビリビリと電流が走り、博人はさらに大きくのけぞった。

「どうだい。真夏はこんなことはしてくれないだろう?」

「世界中の誰もしないです!」

「皮剝きを楽しませてくれたおかえしに、こういうのはどうかな」

稜が自分から両脚の膝裏を手で抱えあげ、股間を前へ突きだした。博人の目の前で、堂々たるM字開脚が作られる。博人もグラビアでは見たことがあるが、実物ははじめて目にした。

「す、すごい、稜さん、いやらしいです」

全裸ではなく、ちゃんと服を着ているのに、発情した女の部分だけが見えるのが、たまらなく淫靡《いんび》さを強調した。今夜はじめて会った美女がこんないやらしい格好を見せてくれるのも、このすさまじい光景を自分だけが独占しているのも、信じられない。見つめているだけで、ゾクゾクと猛烈な射精感がこみあげてきて、なにもしないうちにぶちまけてしまいそうになる。

「ああ、早くしないと」

稜に入れる前に射精してしまう。プールでの学習を思いだして、右手を肉幹に添えて、稜が作る大きなMの文字の中心に跳びこんだ。

「はううっ！」

「あはああ！」

少年とテニスインストラクターの嬌声《きょうせい》が、何回も練習したパートナーのようにハーモニーを奏《かな》でた。剝かれたばかりの亀頭が肉孔に入った瞬間、あっさりと限界を超えてしまう。まだほんの先端が入っただけなのに、精液が尿道を駆け昇り、鈴口から膣内へ噴出してしまう。

「うわああ、出ちゃった！　すごい、ふああ!!」

背筋を痙攣《けいれん》させて、精液を放出しながら、亀頭が狭い肉のトンネルを奥へと進んでいった。根元まで挿入して、二人の胴体が密着したところで射精が終わり、博人はぐったりと稜の長身の上にうつ伏せになった。

「もう終わりか」

「はあああ……今夜は……二回目だから……うひゃっ！」

博人の腰に、稜の両脚がまわされた。アリジゴクに捕まった蟻《あり》の状態だ。稜の肉壺に入ったままのペニスに、新たな刺激が走る。射精したばかりの亀頭がこすられ、鋭い快感に襲われた。

「ふあっ、あくう」

「入れただけで果てやがって。わたしはまだイッてない。これでは生殺しだ」

「すみません。でも、これ以上はもう」

「わたしが楽しんでいる間、博人はじっとしてればいいさ」

稜の言う通り、博人は動けなかった。射精を終えたペニスを膣に挿入したまま、体を稜の長身にあずけた。稜もまた、真夏同様に小柄で細身な博人の体重を平気で受けとめている。

温かい肉に包まれた感触のおかげで、勃起はほとんど萎《な》えようとしない。ときどき肉壁が動いて、亀頭や肉幹を刺激される。

「んっ」

博人が声をもらすと、稜もつづいて柔らかい喘ぎを口にした。

「ふっ、うんん」

この状態は、博人よりも稜に悦びをもたらしていた。ゆったりとした歓喜の蓄積が、テニスインストラクターの獰猛《どうもう》な身体を少しずつ高めている。

静かな部屋に、ときおり少年と女の甘い声が奏《かな》でられて、時間が過ぎていった。一時間余りもたって、博人は周囲の肉壁の温度が上昇するのを感じた。ペニス全体が今までにない強さで、きつく締めあげられる。

「うわ、締まる。すごい!」

博人の驚きの声を追って、稜の嬌声《きょうせい》がほとばしった。

「はあああっ!」

ベッドに静かに横たわっていた長身が高くそりかえり、博人の胴体を持ちあげる。

「イクッ!!」

ひと声叫んで、稜と博人の体がベッドに沈んだ。

博人が、稜の膣からペニスを抜くことを許されたのは、稜がたっぷりと絶頂の余韻を味わったあとだった。

稜は別のジャージに着替えると、ほどなく先に寝入った。

博人は疲れているのに目が冴えて眠れなかった。しかたなく、隣りで眠っている稜の寝顔を眺めた。

「まさか、本気でぼくにテニスを教えるつもりじゃないよな。コーチしている生徒はたくさんいると言ってたから、ぼくみたいな運動音痴の相手をしてもつまらないだろうし。でも、あらためて見ると、やっぱり美人だなあ」

寝顔は力んだ感じが抜けて、端正な美しさが際立っている。

視線が、自然と寝顔から下へと移動した。やすらかに上下する胸で、目がとまってしまう。以前は特に胸へのこだわりはなかったが、真夏との体験で新たな感覚を目覚めさせられてしまったようだ。セックスまでしたのに、乳房を見ていないのは変な感じだ。

博人はあわてて首を振り、自分の頬を叩いた。

「だめだ。なにを期待してるんだ。ぼくには真夏さんがいるのに。さっきは流されてやっちゃったけど、ぼくは真夏さん一筋だ」

頭のなかから煩悩《ぼんのう》を必死に追いだして、ベッドに横になった。しかし顔を横に向ければ息がかかる距離に、無防備な極上の大人の美女がいる。それもついさっき交わったばかりだ。気がつくと、股間がむずむずしはじめている。

「ああもう、節操がなさすぎる。鎮まれ」

何度、己《おのれ》の下半身を戒めても、少しも言うことを聞いてくれなかった。

特訓5〜テニス　美人コーチの騎乗位攻撃!!

翌日の夜。いつものように水巻アスレチックセンターから客が帰り、ほとんどの従業員も仕事を終わらせて帰宅の途についた頃。

屋外テニスコートに照明が灯り、煌々《こうこう》と緑色の芝が照らされる。

昼間は、プレーヤーたちの躍動的な声とボールが弾ける音が響く熱い場所も、今は更衣室の前にたった二人の男女が立っているだけ。もちろん博人と稜だ。

博人は『ウィンブルドンの間』で渡されたテニスウェア姿。白いシャツに白いショートパンツに白いテニスシューズ。手には生まれてはじめて握るラケットがある。正直なところ、自分でも似合っているとは思えない。いかにも着せられているという雰囲気だ。

稜のほうはまだジャージ姿のまま。自分のテニスウェアは、右手に持った青いスポーツバッグに収まっている。愛用のラケットの柄もバッグから突きでていた。

昨日までの二人きりの屋内プールに比べて、面積が広いだけにものさびしさがつのる、と博人は感じた。五面あるコートの上に、夏だというのに冷たい風が吹いているような気がする。

一日宿泊室に閉じこもっていて、稜もまた真夏同様にすっかり退屈していたようだ。博人とチェスを何回も繰りかえして、こちらは真夏とは対照的にチェスの名手だとわかったが、やはり身体を動かせないのはつらいらしい。博人みたいに大量の本があれば、何日でも部屋にこもって楽しくすごせる人種とは根本的に違っている。

自分の王国とも言うべきテニスコートに足を踏み入れた途端、まさに水を得た魚さながらに稜を包む空気が変わった。しなやかな全身からあふれだした生気を、博人は浴びるように感じた。

「着替えてくるから、待っていろ」

そう言い残して、稜は女性用の更衣室へと消えた。閉まった扉を眺めて、博人は想像をめぐらせた。

(稜さんはどんな格好をしてくるんだろう)

意識に浮かぶのは、真夏の競泳水着姿だ。抜群のプロポーション、なにより垂涎《すいぜん》もの美巨乳を薄皮一枚の水着に包んだ姿は、あまりに魅力的だった。はじめて女の肉体に接した博人には強烈すぎて、あれを超えるコスチュームなど考えられない。

「待たせたね」

元気な声とともに、更衣室のドアが勢いよく開いた。

現われた稜の格好を目にして、博人は唖然とした声をもらした。

「ふわあ……」

稜は、あたりまえだが、テニスルックだ。右手には愛用のラケットを握っている。身につけているのは純白のテニスウェア。ノースリーブのワンピースタイプだ。

しかし、テニスウェアにしては、生地が薄すぎないだろうか。バストの形がはっきりとわかってしまう。それどころか、博人は胸のなかで叫んだ。

（ノーブラだ！）

綺麗に盛りあがったテニスウェアの胸の先端で、乳首の突起が露骨に浮いている。ジャージ姿ではわからなかったが、稜の乳首は大粒で、乳筒の形状がくっきりしていた。

少年を挑発する乳首から目を引き剝がして、下半身へ視線を向けると、異常なスコートが目に飛びこんでくる。普通のスコートに比べて、あまりに裾が短いのだ。少しでも動けば、アンダースコートがのぞけてしまうだろう。

（真夏さんの競泳水着といい勝負のいやらしさだ。ミニスカートの分、稜さんのほうがエロいかもしれない。昨日のピチピチのスパッツもすごかったけど、やっぱりミニスカートはグッと迫ってくる、えっ！）

そのとき、本当にテニスコートに風が吹き渡った。計算していたかのように博人の目の前で、スコートがめくれあがった。

「えええっ！　それっ！」

まくれたスコートの下から、純白の下着が現われた。だがテニスプレーヤーが穿くアンダースコートではない。ごくごく小さな三角形の布が、ギリギリ恥丘のふくらみを隠している。サイドは完全なひもだ。

スコートがまくれたのを知って、稜がわざとまわれ右をして、博人へ尻を向けた。予想通りというべきか、尻たぶを隠す布はなにもない。一本のひもが、尻の谷間深くに食いこんでいるだけだ。

風がやむとともにスコートのなかに消えたそれは、バタフライショーツだった。どう考えてもテニス選手が、コートで穿くようなものではない。

「どうだ?」

再び前を向いた稜が、きわどく浮いた乳首を突きだした。

「え、どうだって、なんですか?」

「エロいか、と聞いているんだよ。年上の女がエロい格好をしているときは、子供は素直にエロいと言えばいい」

「はい、エロいです。でも素人が口を出すのもどうかと思うけど、その格好はテニスを冒瀆《ぼうとく》していることにならないですか?」

「ならないね。肉体の躍動の快楽を追求するスポーツとセックスは、根源は同じだ。自分が愛する競技の場でセックスを謳歌《おうか》することは、スポーツマンとしてきわめて自然だ」

稜の力説が真実かどうかはともかく、真剣な迫力があった。弁解や冗談やネタで言っているのではなく、本気も本気らしい。博人も口を挟む気にはならなかった。

「しかし、わたしが所属していた大学は、わたしの意見を認めなかった。風紀を乱したと難癖をつけて、テニス部最強のわたしを追いだしたんだ」

(そうか。真夏さんが似ていると言ったのは、稜さんもセックス関係で選手としての道を失ったということなんだ。ひょっとしてスポーツフロンティアズのアスレチックセンターは、そういう選手の吹き溜まり、いやいや、集合場所なのかもしれない。新興の外資系会社だから、日本のスポーツ界にはあまりコネがなさそうだし）

ひとり納得する博人に、赤いスポーツバッグが押しつけられた。もともと稜が持っていたものではなく、更衣室から出してきたバッグだ。

「博人のテニスウェアだ。これに着替えるんだ」

「えっ。ぼくはもうテニスウェアを着てます」

「それはコートに来るまでに雰囲気を出すための、前座の衣装さ。こっちが本番用だ」

「意味がわからないんですけど」

「わからなくてもいいから、このなかに入っているウェアに着替えろ」

しかたなく博人は赤いバッグを手にして、男性用の更衣室へ入った。するとドアが閉まる前に、後ろから稜がラケットを楽しそうに振りながらついて入ってくる。

「あの、着替えるんですけど」

「わたしには、かまわなくていいから」

「そんなの、恥ずかしすぎる！」

「昨夜は、博人の皮まで剝いてやったんだ。今さら、恥ずかしがることはないだろう」

「それとこれとは、なにか違うんです」

と言っても、稜は愉快そうに微笑むだけで、更衣室から出ていく様子は見せない。

(言っても無駄だなあ。もう、しようがない)

胸中で嘆きながらも、博人の視線は壁の一部を占める大きな鏡に向かっていた。鏡には稜の全身が映っている。目は自然とごく短いスコートでとまった。ついさっき目にしたバタフライショーツを、頭のなかで重ね合わせてしまう。

ちらちらと鏡を見ながら、博人はスポーツバッグのファスナーを開けて、なかに入った白い服をつかみあげた。

「なんだ、これ」

あわてて両手でつかんで顔の前にひろげたものは、純白の細かいプリーツが入ったスコートだった。最近のプロテニスプレーヤーはあまり穿かないが、博人の高校の女子テニス部でも愛用している選手も多い。放課後に校庭のテニスコートの横を通ると、女子の動きに合わせてプリーツスカートがピラピラして、なかなか気恥ずかしい。つい胸のなかで『ぼくは用事があるから、コートの横を通っているのであって、けっしてアンダースコートが見たいわけじゃない』と念じてしまう。

その罪作りな魅惑のスコートも、男の手に持たれていると、なんともまぬけな趣きがあった。

「稜さん、バッグを間違えてます」

スコートを持ったまま、稜へ向きを変えた。相手のすました顔を見た瞬間、恐ろしい事実に思い至った。

「あの、ひょっとして、これをぼくに着ろと言うんですか」

「当然だね」

「どうして、これなんですか」

「一度はミニスカートの女の気分も体験しておくのも、いい人生勉強だ」

稜のムチャクチャな理屈を聞くと、もう反論する気にもなれない。

(ぼくは一生、年上の女性には抵抗できないんだろうか。ものごころがついたときから、姉さんの実験台にされてきた刷りこみだよ……)

せっかく着てきた白いシャツを脱ぎ、バッグから出した同じような白いシャツを着た。よく見ると襟についているラインが男物は青で、女物はピンクになっている。

そこまではいい。バミューダパンツをおろして、トランクスになると、スコートを手に取った。またも校庭でひるがえるスコートを横目で見て、胸をドキドキさせたときのことが頭に甦《よみがえ》る。

(まさか、自分で穿くことになるなんて)

ピラピラした布に両脚を通して、腰にまであげた。たちまち壁の鏡のなかに、ミニスカを穿いた自分が出現する。

（うわあ、きつい）

さらにバッグからつまみあげた白い布は、とてつもなく恐ろしいものだった。純白で、可憐《かれん》で、清楚な、アンダースコートだ。

男のあこがれともいうべき一品だが、自分で穿くと思うと情けない。まだ頭にかぶったほうが、男としてましな気がする。博人は大きく息をついて、もぞもぞとスコートの内側からトランクスをおろした。いわゆるノーパンの状態になると、予想以上に不安な感覚に襲われた。あわててアンダースコートを足に通して、一気に穿きあげる。

「うひゃあ」

今度は予想を越えたフィット感にとまどってしまった。中学生になったときから、トランクスを愛用していたから、尻や股間に下着が密着する感覚は久しぶりだ。いや幼い頃に穿いていたブリーフだって、こんなにぴったりと吸いついてはこなかった。

特にペニスと睾丸を締めつける感触がたまらない。男物の下着とは異なるすべすべした肌触りも、奇妙に心地よくて、かえって不安にさせられる。

「仕上げはこれだ」

背後から、頭になにかを押しつけられた。頰や首筋にさらさらしたものが触れる。鏡に映る自分を見て、女物のかつらをかぶせられたのだとわかった。肩まで届く人造の黒髪を、稜の指が意外な器用さで手早くセットする。

女装をして、長い黒髪をかわいらしくまとめられた鏡のなかの自分を、博人はしげしげと見つめた。

「綺麗！　これがぼく」

「稜さん、変な吹き替えをしないでください」

と博人は文句をつけたが、あらためて女性用テニスウェアを身につけた自分を眺めると、意外にさまになっている。手足がクラスの女子と同じくらい華奢《きゃしゃ》で、体毛が薄いのは知っていたが、これほど女顔だとは気づかなかった。スコートから伸びる太腿など、自分の脚だとわかっていなければ、かわいいと思ってしまう。

「ああ、なんかがっくり」

鏡の前でうなだれる博人の肩に、稜が顎を乗せて、耳に囁《ささや》いた。

「かわいくていいじゃないか」

「よくないです」

自分たちしかいないとわかっていても、ミニスカ姿で更衣室から出るのはためらわれた。屋内プールならまだしも、テニスコートは屋外なのだ。

「さあ、行こうか」

稜が手首をつかみ、大股で博人をコートに引っぱっていった。

緑のコートのなかに立つと、正面から風が吹きつけてきた。二人のスコートが盛大にめくれあがり、純白のアンダースコートがあらわになる。

「うわあ！」

思わず両手でスコートの前を押さえてから、博人は自分が少年漫画のヒロインのサービスシーンそっくりなことをしていると思い至った。恥ずかしさに頬が熱くなる。

「ああ、もう、なんだか……」

うなだれる博人に、豪快な笑い声を浴びせられた。

「どんな男でも、スコートを穿かされると、そうなるんだ」

「前にも、こんなことをしていたんですか」

「高校や大学のテニス部の後輩にしてやった」

（それは絶対に退学になる。学校も必死にもみ消したんだろうな。でも）

博人のスコートもめくれているが、稜のスコートも遠慮なく持ちあがって、バタフライショーツが全開になっている。女の局部をぎりぎり隠す卑猥《ひわい》な下着を見せながら堂々とした稜の姿は、不思議なエロスの輝きをまとっていた。

　博人は自分もアンダースコートを見せていることも忘れて、稜の股間に見入ってしまう。

「もう勃《た》ててるね」

「え、うあっ」

　稜のラケットの先端で、スコートがめくられた。博人が反応するよりも早く、白いアンダースコートの表面に浮きでた亀頭を、ラケットでつつかれる。

　自分でも気づかないうちに、勃起していた。ぴっちりしたアンダースコートの表面には、男のシンボルがありありと浮き彫りになっている。

「女装して、いきなり硬くするとは、困ったお子ちゃまだね」

「ち、違います。これは稜さんがエロい格好をしてるからです。そんな小さいパンティを見せつけられたら」

「こうなってしまうか」

　ラケットが股間に潜りこんできた。曲線を描く側面で、アンダースコートを盛りあげる睾丸をこすりたてられる。

「あ、や、やめてください」

抗議する博人の目前で、稜がスコートをたくしあげた。当然バタフライショーツが丸見えになる。さっきまでチラチラとのぞけていた極小下着の全貌が明らかになった。

本当に小さな逆二等辺三角形だ。こんな面積で女の秘密が隠されているのは、奇跡に近い。稜の恥丘の形を再現して、中心が高くふくらんでいる。

逆三角形の底辺の両端から伸びて、左右の腰骨に引っかけているストリングは、よくよく見れば布ではなく違う材質だ。博人は睾丸を嬲《なぶ》られているのも忘れて、声をあげた
「ガットだ」

ラケットに張る細いガットをバタフライショーツの折りかえし部分に通して、サイドストリングになっている。ガットが細いだけに、腰の肉に食い入って、倒錯的な淫《いん》靡《び》さを匂わせる。博人からは確認できないが、尻の谷間に潜りこんでいるTバック部分もやはりガットだった。

（稜さんが穿いているものは下着どころじゃない。小さな三角形の布に、ラケットの部品をつけただけだ！）

そう気づくと、さらにペニスに血液が集まってしまう。勃起の度合いが高まる様子が薄いアンダースコートに浮きだして、稜の目に映った。

「また、大きくなったね。エロに耐性のないお子ちゃまは大好きだよ。きっと真夏も同じことを言っただろう」

「真夏さんは、そんな露骨な言い方しないです」

「真夏は、わたしと同じ人間のくせに、上品ぶってるだけだね。わたしはストレートなのさ。こんなふうに」

稜がラケットのグリップの後端を、バタフライショーツの中心に押し当てた。薄い布の盛りあがった部分がへこみ、内側で肉唇が左右に分かれるのがわかる。

「んっ、んくっ」

艶のある声を引いて、稜はグリップをずくずくと股間に押しこんでいく。一種の手品にも見えるが、そのタネは博人にもわかりすぎるほどわかった。こんなことを質問していいのかとためらったが、やはり問いたださずにはいられない。

「もしかして、ラケットを入れてるんですか」

「ああ、あたりまえだ」

返答する稜の顔が、朱に色づいてきた。感じている悦びを表現しようと、舌が唇を舐めまわしている。

「うっんん、うふ、他にどうしているように見える？」

答える間にも、グリップの進出に巻きこまれたバタフライショーツの布が、テニスインストラクターの内側へと呑まれていく。

「はっああ、いいっ」

グリップの半分近くが体内に消えると、稜は両手でラケットをひねった。

「はんっ！」

「ふあっ！」

博人のアンダースコートに浮かぶ硬い肉棒の付け根から亀頭の先まで、ラケットの先端が何度も上下した。乱暴な、だが想像したこともない愛撫を受けて、少年の脳内に快楽物質があふれた。

(真夏さんと全然違う。でも、でも)

真夏が優しくすべてを受け入れてくれる女性なら、稜は別の魅力の塊《かたまり》だ。稜から生えたラケットが、スコートを穿いた博人のペニスを嬲《なぶ》っている。優しさのかけらもない獰猛《どうもう》なラケットで、女の服のなかに包まれた男のものを責められている。

(なんなんだ!?　なんだか、わからないけど、たまらなく気持ちいい！)

自然と声が喉からあふれた。

「あふっ、あああ、稜さん！」

出すつもりはなかった喘ぎ声が勝手に喉を通って、ラケットを操る妖女へと捧げられる。

「あはっ、博人のチン×ンが快楽にむせび泣く声が、ラケットからわたしのなかへ伝わってくる。いやらしいお子ちゃまだね」

博人のペニスをしごけばしごくほど、稜自身の秘孔のなかでグリップが暴れることになる。愛用のラケットで女に目覚めたばかりの少年からよがり声を絞りださせていることが、快感を何倍にも増幅した。

「このラケットは、高校時代からずっと使ってるんだ。何人もの男の悦びを吸収してきたわたしの武器さ。博人もわたしのラケットに精液をぶちまけろ！」

ラケットの先で、器用に博人のアンダースコートが太腿までずらされた。異常なシチュエーションにさらされて、限界までふくれあがった男根が、外気へと顔を出した。

（あああ、外で露出してる。外で勃起したモノを人に見せている）

その思いが、博人の頭をくらくらと酩酊《めいてい》させた。酒も薬も飲んでいないのに、前後不覚に陥ってしまう。

潤んだ瞳を、自分を攻めるテニスインストラクターへ向けると、さらに陶酔を加速させる光景があった。純白のテニスウェアが汗に濡れて、稜の身体に貼りついている。

透明感を増したウェアの下から肌が透けて、ノーブラの乳房の肌色も、尖《とが》った乳首のピンクの色も、なめらかな腹に刻まれたへそのくぼみまで、すべてのぞけた。

自分のラケットから与えられる快楽で稜が身悶えすると、豊乳が上下左右に揺れて、博人を幻惑する。

濡れた薄皮一枚をかぶった稜の肉体は、全裸でいるよりも淫靡《いんび》で、博人はますます自分のモノをたぎらせてしまう。

「へえ。今夜はひとりでに剝けてる」

稜に指摘されて、下に顔を向けると、スコートのプリーツのなかから、ピンク色の頭がのぞかせている。ぱんぱんに張りつめた亀頭が、自力で包皮から脱出していた。

「よっぽど興奮したようだね。それならもっと感じさせてやる」

今までラケットの硬い縁ばかりで刺激されてきたが、今度は上からラケットが襲ってきた。ガットの網目の中心が、そそり立った亀頭に押しつけられる。

「ひううっ！　す、すごいです」

稜がグリップを、膣壁をえぐるように動かした。ラケット全体が前後左右に揺れて、ガットで亀頭をこすられる。

「うんっ、きつい。あああ、こすれる！」

信じられないほど鮮烈な刺激が、小さな亀頭から肉幹を伝って、全身へと伝播《でんぱ》した。最初は痛みに感じたが、すぐに焼けつくような快感の大波が亀頭から全身へあふれかえった。

腰や両脚が痺れて、今にもその場にへたりこみそうになる。しかし博人はわけもわからず、体が崩れるのを我慢した。逃げようと思えば、すぐさま走って逃げられるのに、ラケットのされるがままになっている。

「ああ、はあああ……くうっ……」

(匂いだ。稜さんの身体の匂いが、またぼくを縛って、おかしくさせているんだ。そうだ。姉さんだって、稜さんの匂いが特別だって認めたって言ってた。姉さんが認めたなら、ぼくが勝てるわけがない)

理屈にもなっていない言いわけを、沸騰《ふっとう》した頭のなかでこねくりまわして、博人はずぶずぶと悦楽に身を沈めた。抵抗する気持ちなど、完全に失われていた。逆に積極的にラケットを操る稜とひとつになろうとする。

「あっ、むうああ、稜さん、ううん」

「あはっ、いいよ、博人。その快感に溺れた顔が、たまらない。ああ、わたしも感じる！」

博人の変化を、稜も感じとっていた。グリップから伝わる悦びを大きくなり、自分から腰をうねらせる。今や手はラケットに添えているだけで、グリップを咥《くわ》えこんだ肉体そのもので、童貞を失ってまた二日目の亀頭を嬲《なぶ》っている。

ラケットでつながった女子テニスウェアの男女の間を、互いの肉悦が行き来した。稜の淫欲がガットを通して博人に強烈にスマッシュされ、博人の快感がグリップから稜の濡肉に打ちこまれる。一本のラケットを通して、欲望という名の下に、男子高生とテニスインストラクターがひとつになった。

しかし、荒々しく異常な合一のなかで、やはり弱者が先に崖っぷちに達した。経験のない少年は、相手を待つことなく、先に崖から天高く飛翔してしまう。

「ああぁっ、だめだ、もう、もう出るう！」

「かけろ。博人の精液を全部、わたしのラケットにぶちまけるんだ！」

稜の異常な号令とともに、亀頭がガットで弾かれる。

「ひいいっ!!」

最後の一打が、そのまま最後のひと押しとなった。硬いガットでさんざんしごかれて赤く染まった亀頭の鈴口から、壊れた蛇口のように精液が爆発した。

ガットの網目にどろどろと濃い粘液がからみつき、白く塗りつぶしていく。

「はあああ……」

すべて放出しきった博人は、呆けた顔でコートの上にぺたりと裸の尻をついた。

少年の弛緩しきった情けない姿を、稜がにらみつける。

「また勝手にひとりでイッって。しようがないお子ちゃまだ」

稜は若い精液まみれのラケットを、自分自身のなかから引き抜いた。

「はうっ、はあああ」

肉唇のなかにバタフライショーツがくしゃくしゃに押しこまれたままだが、元に戻そうとはしない。ガットを顔の前に持ってきて、まだまだ幼い少年の精臭を胸いっぱいに吸収した。肺胞のひとつひとつまで精液の匂いで満ちると、ネコ科の猛獣を思わせる目がとろんと潤んだ。

「この匂い、たまらない」

顔全体をガットに押しつけ、舌を長く伸ばした。ガットの一本一本に、細く尖《とが》らせた舌先をからませて、精液を舐めとっては、呑みこんでいく。

「はあっ、いい！　博人の、いいね！」

博人は圧倒されていた。自分が出した粘液を夢中で舐める美女の姿は、常識で考えればあさましいはずなのに、なにか崇高な光景に見えた。

「……すごい……稜さん、すごいよ……」

注視しているだけで、博人は股間でむずむずと虫が蠢《うごめ》く感覚を覚えた。とはいえ、この苛烈な体験のあとで、もう一度稜の愛撫を受ける気にはなれない。

だが、そう思っているのは博人だけだった。ガットの精液をほとんど呑みこんだ稜が、博人へ跳びかかってくる。

「わあっ」

芝の上に押し倒された博人の顔を、稜が遠慮なくまたいだ。二日目の夜のプールで真夏がしてくれたシックスナインの体勢ではなく、上の稜の顔が下の博人と向かい合った。

稜が膝を曲げて、バタフライショーツが押しこまれた恥丘を、博人の顔面に押しつけてくる。

「うっ、うんんっ」

博人の官能を虜《とりこ》にした稜の匂いが、猛烈な勢いで襲いかかってくる。顔全体が質量をともなった匂いで圧迫され、五感すべてが嗅覚になった。脳細胞がひとつ残らず稜の匂いに染めあげられて、体中の神経に伝わっていく。

「んあああ」

博人は無意識に、自分の顔に乗る稜の尻を両手で抱えた。体内で炎が下半身へと走り、萎《な》えたペニスを一気にそそり立たせた。勃起の勢いに押されて、スコートがまくれる。

「舐めなよ。わたしの蜜を吸って、もっとチン×ンを燃えあがらせろ」

稜が腰を振ってバタフライを嚙む淫唇を、博人の口にこすりつけた。同時に背後へ右手を伸ばし、屹立した亀頭にラケットをなすりつけた。博人自身の精液に濡れたガットの網目が、再び亀頭を刺激する。

「ふあっ。うんっ、んん」

亀頭から流れこんでくる快感に炙《あぶ》られて、博人は懸命に稜の花園をしゃぶりたて、バタフライに沁《し》みた花蜜をすすった。立ちこめる性臭に負けない濃厚な味覚が、口内に沁み入った。

強烈な女体に酔う少年の顔を見おろして、テニスインストラクターが牙を剝くように尋ねた。

「博人。ガチガチになったチン×ンを、わたしのなかに入れたいかい？」

「ふぁい、入れたいです。もう、たまらない。稜さんに入れさせてください！」

「よしよし」

稜が芝に両膝をついたまま、身体を背後へ移動させた。博人の女物のテニスウェアに股間をこすりつけて、愛液の沁みを残していく。

「入れてあげるよ」

稜の手がバタフライショーツを縦に引き裂き、コートへ投げ捨てた。完全に露出した秘唇が大きく開き、亀頭を咥《くわ》えた。

「ふあっ！　熱い」

声をあげる博人の肉棒が、ひと息に根元まで呑みこまれた。女蜜がとろとろと押しだされて、博人のスコートを濡らす。

「うあ、うあっ、あああ」

博人の細い手足が芝の上で痙攣《けいれん》した。昨夜よりもはるかに快感が大きい。複雑に蠢《うごめ》く膣壁が、肉幹をしごきたて、亀頭をしゃぶってくる。秘肉の動きのひとつひとつが、博人を快楽の深みへ落としこんでいく。

「こんな、こんなの、ベッドの上と、全然違う」

「あたりまえだ。テニスコートはわたしの領土さ。コートでは、わたしは最高に強くなる」

コートにあお向けになって見あげる博人の目に、もうすぐ満月になる月を背にした稜の上半身が映った。テニスウェア越しに見える半裸の肉体がすばらしい。それ以上に、博人のペニスを貪《むさぼ》る歓喜でまぶしく輝く美貌は、夜空をも明るく色づかせる。相変わらず獰猛《どうもう》な山猫の印象なのに、肉の交わりを堪能《たんのう》する笑みは愛らしくさえあった。長いポニィテールが右に左に揺れて、野獣が尾を振っているように見えた。

視線を下に移動させれば、稜のごく短いスコートと博人のプリーツスコートはともに派手にはねあがって、稜の女性器が博人の勃起にしっかりと食らいついているのが見えた。

(入ってる。ぼくのが、稜さんのなかに完全に入ってるよ。自分のことなのに、ものすごく卑猥《ひわい》だ)

博人は自分が稜に乗るよりも、稜が自分を組み敷いている姿が似合っていると実感した。本来の姿が持つ美しさが、ここにはある。

「あはあ、二回目なのに、博人も元気だ。ああ、いいっ!」

稜が両手で自分のテニスウェアの胸もとをつかんだ。自分の意志というよりも体内の肉悦の炎に操られてウェアを大きくはだけ、ノーブラの胸をさらけだした。

博人の頭上で、はじめて目にする稜の生の乳房があふれた。濡れたテニスウェアから透けて見える胸もセクシーだが、やはり直接見ると感動も深い。

ボリュームは真夏よりもわずかに小さいが、稜の性格そのままに勢いよく前へ突きだしている。左右の乳首は充血し、上向きにきつくしこり立っていた。まるで身体にあふれる喜悦を夜空へ送信する二本のアンテナのようだ。

「ああ、稜さんの胸、大きい」

命令される前に、博人の両手が自然と上へ伸びた。強力な磁石に吸い寄せられる砂鉄のように、下乳をつかんだ。

(ああ、真夏さんよりもみっちりして、重い感触だ。密度が違うのかな)

真夏とは異なる手触りが不思議とうれしい。新たな炎に燃えて、張りのある乳肉をしっかりと揉みはじめる。

「はんっ!」

稜が随喜《ずいき》の声を噴きあげた。予想外のすばやい愛撫を受けて、身体が敏感に反応している。お子ちゃまだと思っていた少年からの攻撃に、防御にまわってしまう。自慢の美乳を、組み敷いた博人の自由にされ、熱い乳悦をどろどろと絞りだされた。

「そんなふうに揉めと、真夏から鍛えられたのかい、はうっ、胸、いいっ」

胸からあふれる快感が下半身へ伝わり、自然と腰をうねらせ、膣壁を蠢《うごめ》かせる。稜自身と博人へより激しい快楽が送られた。

「ああ、感じる。三千代先生の弟が、こんな掘り出しものだなんて。あふっ、たまらない」

「稜さん、ううっ、よすぎる。気持ちいいっ」

熱い肉でペニスをしごかれる快感を伝えようと、博人は左右の乳首を同時にしごいた。指先に伝わる肉筒の硬さと弾力が、たまらなく心地よい。

「くうっ！」

二つの乳首から走る快感の稲妻《いなづま》が、稜をのけぞらせ、喉から汗を飛ばさせた。汗の滴《しずく》が、博人の顔に降りかかる。

「はああ、女を知ったばかりだというのに、いやなお子ちゃまだ」

博人が胸を責めれば責めるほど、博人のペニスが浸る快感も増大する。射精したばかりのペニスも、稜の肉壺の魔力で臨界点へと引きあげられる。

「ああ、もう、もう出ます、稜さん」

「いいよ、出せ、博人。わたしももうイキそうだ」

稜が自分と博人を最後まで追いつめるために、腰の上下動と螺旋《らせん》を描くうねりをともに強くした。下半身は意識して動かしながら、美乳を揉みしだく博人の手に自分の手を重ねて、胸の喜悦に身をゆだねた。

「ああはあ、はじめて二人いっしょにイケる」

「ああっ、稜さん、すごすぎます！　たまらない！」

ここにきてさらに増大する快感に、博人は息もつまる。視界のなかで、まばゆい閃光が爆発した。

「あああ、出る!!」

稜の体内に呑みこまれるように、博人は腰を激しく持ちあげた。無意識に乳房に強く指先を立て、乳首をひねる。きつく収縮する肉壁に最高潮のペニスを絞られて、大量の精液を噴出させた。

若さの勢いにまかせた奔放な射精に膣奥を叩かれて、稜は自分でも予想しなかった悦びの高空へと飛ばされる。テニスインストラクターの目の前も白光に塗りつぶされ、心の底からの満足に打たれて、夜空へ高々と咆哮《ほうこう》した。

「あああ、イクっ！　博人の射精で、思いっきりイクうっ！　あおおおう!!」

稜は強靭《きょうじん》な背筋をそらせて、一分近く彫像のように硬直した。唇の端からひと筋の涎《よだれ》を垂らすと、がっくりと博人の体に倒れる。

「うわあ、稜さんの身体がぐにゃぐにゃになってる」

「うるさい。男はこういうときは黙ってろ」

博人は口を閉ざして、稜の体重を受けとめて、幸福な充足を覚えた。と同時に、罪悪感が心を引っかいた。

(真夏さん、ごめんなさい)

しかし、自分の上に横たわった稜の美貌を見つめていると、こう告げずにはいられなかった。

「キスしてもいいですか?」

「ああ。好きなだけさせてやるよ」

稜はニッと笑い、言葉とは裏腹に自分から博人の唇を貪《むさぼ》った。

二人だけのテニスコートで、何度も唇が鳴った。

☆

「なになになに! 博人くんたら、わたしに好きだと言ったくせに、あんなに積極的になっちゃって」

双眼鏡を目に当てた真夏が、窓枠から身を乗りだしてぶつぶつと愚痴をもらした。

真夏がいるのは水巻アスレチックセンターの倉庫のなかに作られた臨時の津田研究室の窓だ。双眼鏡を使って屋外テニスコートの様子がうかがえる位置にある。三千代が他の研究機材といっしょに運びこんだ双眼鏡は、競技用の高性能なもので、コートでの博人と稜のからみが手にとるように観察することができた。

不本意な光景を見て怒り肩になる真夏の背中へ、三千代がデスクでパソコンを操作しながら声をかけた。

「まなっちも悪趣味ねえ。わざわざ見たら怒るものを覗かなくてもいいのに」

真夏は双眼鏡をテニスコートへ固定したまま、背後へ答えた。

「だってわたしには、博人くんに責任があるもの」

そう言ったが、自分でもなんの責任なのか、わからなかった。しいて言えば、未体験の少年に、自分を好きだと言わせてしまった責任だろうか。

「そういう三千代こそ、弟がひどい目に合っていないか、監視しなくていいの?」

「弟のセックスを覗く趣味はなーい」

真夏は言いかえす気もなくなり、無言で双眼鏡のレンズに映る光景を見つめつづけた。

特訓6～年上M どうぞお射精くださいませ

稜と付き合って三日目の夜は、博人にとってさらに過酷なものとなった。

今夜も女性用のテニスウェアを着せられ、かつらをかぶせられ、女装をさせられている。

稜も昨夜と同じマイクロミニのワンピースだ。もちろんノーブラ。変化しているのは、腰にサイドポーチをつけているのと、バタフライショーツが黒のレースになっているところだった。

しかし前夜とは違って、稜はテニスインストラクターらしいことをしていた。博人の背後に立って、壁打ちテニスをさせているのだ。

博人は三十分以上も壁に向かってボールを打ち、バウンドして戻ってくるボールをさらに打ちかえすという、ありきたりの練習を繰りかえしている。しかしまだ一度も三回以上はつづけられない。かえってくるボールのほとんどを、ラケットでとらえられなかった。

もともと博人はテニスの経験がまったくないが、失敗の連続にはもっと重大な原因が存在した。背中にぴったりと寄り添う稜が、右腕を博人の前にまわして、プリーツの入ったスコートのなかへ差し入れている。インストラクターの手はぴっちりした純白のアンダースコートのなかに潜りこみ、勃起した博人の分身をしごきつづけているのだ。

稜は定期的にポーチに入れたボトルからローションを右手に垂らすので、アンダースコートは透明なヌルヌルの粘液まみれだ。股間に食いこんだアンダースコートのレッグホールからローションが溢れて、とめどなく博人の左右の内腿を垂れていく。博人が移動するあとには、芝にローションの滴《しずく》が落ちて、照明の光を受けて輝いた。

ローションを浴びてすべりのよくなった亀頭を、指でこすりたてられると、体中がじんじんと痺れて、まともにラケットも握れなくなる。ましてやボールをガットでつかまえるなど不可能だ。

今もまたボールが博人のラケットをかすめて、背後へと飛んでいった。

「なにしてる。また一度もかえせないのか」

「無理です。ただでさえ運動音痴なのに、こんなことをされて、できるわけがない、あうっ！」

アンダースコートのなかで、亀頭を指先で引っかかれた。傷などつかない軽い動きだが、三十分以上にわたって嬲《なぶ》られつづけたペニスには強烈な刺激になった。腰がガクンと前後に振れて、ローションが沁みたスコートが大きく揺れる。透明な粘液が、何滴も芝にばらまかれた。

博人は背後へ首を曲げて、インストラクターに懇願した。

「お願い。もう出させてください。おかしくなりそうです」

稜の手で玩弄されつづけながら、今夜はまだ一度も射精していない。本当ならとっくに絶頂を迎えているはずだが、稜の手が巧妙に愛撫に強弱をつけて、ギリギリで射精に至らないようにしている。博人は射精したくてもできないまま、壁打ちテニスをやらされているのだ。

「だめだね。博人が五回連続して打ちかえせたら射精させてやる約束ではじめたんだ。ルールを守るのがスポーツマンの基本さ」

「約束って、稜さんが勝手にはじめたのに」

「博人だって反対しなかっただろう」

「有無を言わせなかったんです！」

「そんな弱音を吐いて、エースをねらえるか」

「意味がわからない」

言い合う二人の耳に、いきなり大声が入った。テニスコートの一角に設置されたスピーカーから、ふんわりした女の声が流れてくる。

「はぁい、稜ちゃん。時間です。あたしの部屋に来てくださいね」

稜があわててペニスを離し、声の主を罵《のの》った。

「亜矢美のバカ！　誰か、聞いていたらどうするんだ。三千代先生の実験のことがばれちゃうじゃないか！」

「この声は、亜矢美さんですか？」

博人は三日前の夜に会ったきりの三十歳の熟女の、ぽややんとした顔を思いだした。

(確かに、あの女の人なら、こんな考えなしなこともやらかしそうだなあ)

「こんなことなら、さっさともう一回セックスしておけばよかった。ああ、もったいない」

稜がすばやく博人の前にまわりこみ、芝にひざまずいて、スコートをまくりあげた。

ぬるぬるのアンダースコートを引きずりおろして、ローションまみれのペニスを一気に口に含んだ。

「ふひゃあ！」

それまでの射精を寸止めさせるための計算した愛撫から、一転して遠慮も容赦《ようしゃ》もない猛烈なフェラチオが開始される。もてあそばれつづけて過敏になった肉棒全体が口内粘膜に包まれ、亀頭を苛烈に舐めしゃぶられる。

「ふあっ、あっ、あああっ」

長時間のゆったりした責めを陵駕《りょうが》する激烈な快感が、ペニスを焼きつくした。全身が悦楽の嵐に呑まれて、壊れたからくり人形のように震えてしまう。踊る少年の尻たぶを、稜の十本の指がアンダースコートの上から押さえつけた。

「あああっ、もう、出る！　稜さんの口に出るうっ‼」

精液が自然に噴出する勢いよりも強く、稜が鈴口を吸引した。本来の射精よりも速く、尿道から精液を吸いあげられる。予想もしなかった快感が、赤熱した杭と化して背骨を貫いた。

「あひいっ！」

博人に甲高《かんだか》い声をほとばしらせながら、稜は口内に溢れた精液を呑みこんだ。さらに尿道に残った若く白い蜜を吸いあげにかかる。

「うわあ、もう出ません。あああ……」

博人の声が、コートに何度も流れた。

☆

真夏とともに過ごした『前畑の間』の左にあるのが、稜と暮らした『ウィンブルドンの間』だ。さらに『前畑の間』の右側のドアには『白い恋人たちの間』と書かれたプレートがあった。シャワー室でローションを洗い落とし、女装テニスウェアからジャージ姿に戻った博人は、やはりジャージに着替えた稜に尋ねた。

「『白い恋人たち』って、北海道名物のお菓子ですよね。どうしてアスレチックセンターの部屋の名前になってるんですか」

「お菓子は『白い恋人』だね。『白い恋人たち』は一九六八年にフランスのグルノーブルで開催された第十回冬季オリンピックの記録映画のタイトルだ。フランスの名監督クロード・ルルーシュの抜群の撮影と構成で、スポーツドキュメンタリー映画史上の最高傑作のひとつに数えられている。一回は見ておけよ」

稜は右手で、博人の肩を叩いた。

「これからわたしは、三千代先生の研究室で調べられてくる。次は亜矢美の相手をする番だ。亜矢美はとびっきりの変人だから、びっくりするなよ」

「いや、変人て」

（稜さんも他人のことを言えないよ）

と強く思ったが、口に出すのはやめておいた。背中を向けて、かっこよく右手を振りながら廊下を歩いていく稜を見送ると、再びドアを見つめた。

（亜矢美さんはわざわざ館内放送でぼくたちを呼びだしたのに、どうして出迎えてくれないんだろう）

ノックすると、ドアの向こうから、どうぞ、と声が聞こえた。ドアに鍵はかかっていない。押し開けてなかに入った途端、博人は唖然《あぜん》として立ちすくんでしまった。

開いたドアのすぐ前の床に、おなじみのジャージ姿の河本亜矢美が正座をして、三つ指をつき、うやうやしく頭をさげていたのだ。

「いらっしゃいませ、博人様。河本亜矢美でございます。これからよろしくお願いいたします」

「は、ええ？」

久谷稜とは百八十度違うお迎えに、博人はどぎまぎするばかり。

「これは、どういう遊びなんですか？」

顔をあげた亜矢美は、とっても幸せいっぱいという表情で、暖かい視線を少年にまとわりつかせた。博人は人肌の湯に濡れた和紙が、皮膚に貼りついてきたように感じた。

ジャージの上からでも、亜矢美の豊満さはよくわかった。正座しているのではっきりしないが、背の高さは長身の稜よりも、そして真夏よりも少し低いだろう。

胸の『ＳＦＳ』のロゴを内側から丸くたわませる胸の大きさも、真夏と同じくらいのボリュームがあるに違いない。しかし身体全体の肉づきは、亜矢美が上だ。近頃のやたらと細いアイドルに比べれば、太っていると言われるかもしれないが、三十歳の亜矢美にはふさわしい完熟のプロポーションだった。

「わたくしは博人様と、楽しく愉快な三日間を過ごしたいだけですもの。博人様に立たれていては、話もできませんわ。さあ、どうぞ、ベッドに座ってくださいな」

亜矢美が膝立ちの姿勢で、器用に後ろへすすうっとさがった。空いた場所を歩いて、博人はダブルベッドに腰かけた。

真夏や稜の部屋と同じ作りの、ゆったりしている高級なホテルっぽい部屋だ。博人を待っている女インストラクター以外はなにも変わらない。ただ真夏、稜、そして亜矢美がいるだけで、まったく雰囲気が違うのが不思議だ。

「ささ、まずはお茶をお入れしますね」

亜矢美は膝立ちのまま、両膝に車輪が装備されているのではと思わせるほどスムーズな動きで、備えつけの食器棚から花柄の趣味のいい湯呑みを出した。ちょうど博人に背を向ける位置になり、ジャージの生地をぱんぱんに引き伸ばしている美巨尻の形状がよくわかる。むっちりした尻たぶに食いこんだパンティラインも丸わかりだ。豊穣のシンボルともいうべき熟女の魅惑の臀部に、少年は感嘆するしかない。

（すごいお尻だなあ。胸は真夏さん、全体のプロポーションは稜さんだけど、お尻の金メダルは亜矢美さんに決定だ）

湯呑みをテーブルに置くと、次は冷蔵庫の前に滑って、大きなやかんを出した。博人が、どうして宿泊室にやかんがあるんだろう、と思っていると、亜矢美が説明してくれた。

「わたくしが自宅から持参したものですわ。僭越《せんえつ》ながら、わたくしがブレンドした緑茶を入れてきましたの」

博人の前に置かれたお茶は、よく冷えていながら、香り豊かだった。口をつける前に鼻に入ってくる香りだけで、初対面同然の年上のお姉さんの部屋にいる緊張感が融解する。ひと口飲むと、お茶とはこんなに美味なものなのか、と心底驚嘆させられた。

「うまい！」

思わずうなると、亜矢美の顔があでやかな微笑に彩《いろど》られ、いそいそとお代わりをついだ。ますます博人は首をかしげるしかない。

(なんだか、最初に会ったときとも、雰囲気が違ってる気がする)

「あの、稜さんに聞いたんですけど、亜矢美さんもフィギュアスケートのオリンピック選手候補だったそうですね。よければどうして出られなかったのか、教えてください」

熟女の頬がさっと朱に染まった。

「お恥ずかしい。たいしたことではありませんわ。本当に、ちょっとしたことですのよ。あのときはまだ、右も左もわからない小娘、そう今の博人様と同じ高校生でしたわ。若かったわたくしはコーチと熱烈な恋をして、自身のすべてをコーチの色に染めあげていただきましたの。ああ、でもコーチとわたくしの関係は、フィギュア界のえらい人たちのお気に召さなかったらしくて、おかげでオリンピックの選考からはずされてしまったのですわ。わたくしだけならよかったのですけれど、残念なことにコーチもオリンピックから締めだされてしまいました」

(やっぱり、ここはこういう人たちを集めた場所なのか)

「現役を退いたあとに、コーチとは結婚しましたのよ」

「亜矢美さん、結婚していたんですか」

「ええ」

(それだと、これは浮気とか不倫とかになっちゃうんじゃないか)

博人の内心の不安をよそに、熟女は華やかに笑った。

「でも残念ながら、コーチは事故で亡くなってしまいましたの。それからは独り身をかこっています。ようするに未亡人ということですわ」

「あの、亜矢美さん」

「できれば、亜矢美と呼び捨てにしてくださいい。そのほうが好きですの」

「それじゃあ、えっと、亜矢美」

「きゅーん！」

子犬が鳴いたような声を出して、亜矢美が両手を自分の頬に当て、身体をくねらせた。少女のように愛らしい仕草だが、迫力の完熟ボディがくねる様子は、博人がテレビで見たアラビアのベリーダンスさながらの妖艶さが表われる。

「ああ、久しぶりに男の方に亜矢美と呼ばれて、背筋がぞくぞくしましたわ。それでは真夏ちゃんと稜ちゃんの残り香を、わたくしに消させてくださいね」

またするすると床を滑り、ベッドに腰かける博人の前にひざまずいた。

「さあ、亜矢美にキスしろとお命じください」

餌を前にしておあずけさせられている犬のような瞳で、博人はじっと見あげられた。

少年は頭をかいて、眉を寄せた。

「いや、命令しろって言われても、そういうのはちょっと苦手だなあ」

「男は女に命令を下すものですわ。それは博人様がわたくしよりもうんと年下でも、けっして変わりません」

これではどちらが命令されているのか、わからない。スポンジで全身を包みこまれるような圧力を、熟女からかけられている。

「それじゃあ、えっと、キスして」

「きゅーん！　あああ、久しぶりの男の方からのご命令ですわ。どうあっても命令には従順に従わなくてはならないですものね」

「それは亜矢美が言えって、むう……」

亜矢美の唇にふさがれた。舌で口を開けさせられ、たっぷりと唾液が流しこまれる。先ほどごちそうになった緑茶同様、ほのかな甘味のある唾液だ。

思ったより短く、口から亜矢美の唇が離れて、キスは終わった。しかし、すぐに亜矢美の頭がジャージの裾をめくって、なかに潜りこんでくる。未亡人のボリュームたっぷりの上半身が、博人の素肌に密着した。その柔らかさを堪能する前に、鎖骨を吸われた。

「ふひゃ」

と思わず声が出てしまう。顔やペニス以外のところを舐められるのははじめてだ。骨のくぼみに張った皮膚を、舌でなぞられ、唾液をつけられる。ぬめぬめした感触が這うと、そこの肌が性感帯になったように快楽を生みだした。

（ああ、ただ舐められているだけなのに、どうしてこんなに気持ちいいんだろう）

首をかしげる博人の耳を、舌ではなくセクシーな音がくすぐった。

「はああっ……」

ふくらんだジャージのなかから、顔の見えない熟女の甘ったるく昂《たかぶ》った吐息《といき》が何度もあがってくる。聞かされるだけで、聴覚神経が桃色に染まり、脳にまで色づけされそうだ。

「ああ、博人様のお体、美味ですわ」

「そ、そうかな」

『白い恋人たちの間』に来る前にシャワーを浴びたばかりだ。それほど味や匂いがするものだろうか。

「男の方のお体は、いつもいい香りと味がいたしますわ。はあああ、わたくしには麻薬も同然ですの」

博人の目の前でジャージがもこもこと蠢《うごめ》き、ぬめつく舌が鎖骨から胸へさがっていく感触がはっきりと伝わる。かたつむりが移動するように濡れた跡を残して、未亡人の顔が移動する。突然生まれた鋭い快感に、博人はまた声をあふれさせた。

「ふあっ」

「んっふん……」

呼応して、ジャージのなかから歓喜の吐息があがる。

亜矢美は、博人の右の乳首に吸いついた。今まで博人が真夏と稜の乳首にしてきたことを、スケートインストラクターに執拗《しつよう》に繰りかえされた。乳首こそが男の最大の性感帯だと言わんばかりに、舌先でていねいに舐めまわされ、すぼめた唇での吸引を交互に繰りかえされる。

「ああっ」

（乳首が溶けそうだ。こんなに胸が気持ちいいなんて）

濡れた音をたてて、亜矢美が右から左へ移動していく。一度も唇と舌を肌から離さないで、左乳首へたどりついた。右乳首から発した快感の波に共鳴して、すでに疼いていた左乳首を吸われると、さらに喜悦が倍加した。

「うあっ、いいっ」

「はああっ、わたくしも、んっ、いいですわ、んうう……」

自分が奉仕する少年の快感を、亜矢美自身が吸収しているかのように、ジャージのなかからの喘ぎも高くなった。口唇愛撫をすることで、未亡人は少年と一体になろうとする。

「んっ、はうう、亜矢美、気持ちいい」

「ああ、博人様、わたくしもですわ」

亜矢美のご奉仕は、胸から腹へと下っていた。へそに舌を入れられるのも新鮮な驚きだ。ようやくジャージから顔を出した亜矢美が、潤んだ瞳で訴えかけてくる。

「申しわけありません。パンツをおろさせてください」

「は、はい、お願いします」

「博人様からお願いされては困ります。きちんと亜矢美に命令してください」

「あ、そうか。じゃあパンツを脱がすんだ」

「きゅーん！　脱がさせていただきます」

ジャージに白い指がかかる。博人がベッドに乗った尻を浮かせると、なかのトランクスごと、ていねいに脱がされた。

現われたペニスは、すでに上半身への愛撫だけでそそり立っていた。まだ包皮をかぶった勃起を見るなり、亜矢美が感極まったように肩をすくめて、全身をビクビクと震わせた。声音がますます潤んで、甘い響きに変化する。

「あああ、男の方のモノを拝見させていただくのは、久しぶりですわ。とっても感動しました」

大げさな言葉をかけられて、博人は背筋がむずむずする。

「そんなに感動されるほど、たいしたものでもないんだけど」

「いいえ。オチン×ン様はどれも、わたくしに感動を与えてくれますわ」

うっとりした顔で真剣に語る亜矢美を見ていると、今度は背筋がざわざわしてきた。

無意識になにか不穏なものを、未亡人の笑顔から読み取ってしまった。

(亜矢美さんのこの雰囲気は、結婚していたコーチに作られたのかな。いったいコーチは亜矢美さんにどんなことを教えたんだろう)

「どうされたのですの?」

博人の太腿を両手で撫でさすりながら、亜矢美が小首をかしげた。

「わたくしの顔に、なにかついていますか？」

博人は自分の考えを見透かされた気がして、どぎまぎしてしまう。肉体を愛撫される悦びとは別の感覚に心臓をつかまれて、ギュッと縮められたような気分だ。

「いえ、あの、亜矢美は……」

「こんな女でいいのか？　ということを考えているみたいですわね」

「いや、それは」

「確かにコーチであり夫だった人は、わたくしに大きな影響を与えてくれましたわ。コーチに出会って、教えていただかなければ、本当の自分を見つけられなかったですもの。本当の自分を知るということは、オリンピックに出場することよりも大切だと思いますわ。なんて言うと、またおかしなふうにマインドコントロールされていると思われるかもしれませんね」

「ええ、まあ、実際にそんなふうに思えないこともないというか」

「生意気なことを言いますけど、わたくしは誰に対してもこんなふうではないですわ。最初に博人様と会ったときとは、少し雰囲気が違うでしょう」

「はい。それも不思議でした」

「わたくしがこういう感じになるのは、わたくしが愛したいと思った男の方だけですの。博人様は久しく出会わなかった、そういう男の方のおひとりですわ。わたくしはかつてフィギュアスケート界において、変態とか、多淫とか、言われた女ですけれど、自分の意志で相手を選ぶ女ですのよ」

「でも、ぼくがそんな選ばれるような特別な男だとは、とても思えない」

「言ったでしょう。選ぶのはわたくしですわ。さあ面倒な話はおしまいにして、わたくしにご奉仕する悦びを与えてくださいね」

亜矢美の顔が、博人の股間に迫った。

「はうっ！」

博人の予想に反して、亜矢美は勃起を咥《くわ》えなかった。右脚の膝に唇をつけられたのだ。亜矢美に舐められたところから、想像したことのない快感が魔法のように生みだされる。

「あふっ、はああ……」

「はあん……んんむ」

男子高校生と未亡人の濡れた吐息《といき》がデュエットを奏《かな》でる。ただ脚を舐めて、舐められているだけで、心が重ね合わさった。唇が上へ這い進み、内腿をべったりと濡らされると、博人は自分の奥深くにまで、亜矢美が入ってくると感じた。

（もしかして、ぼくは亜矢美さんに侵蝕されているんじゃ……かつて亜矢美さんがコーチに目覚めさせられたように……亜矢美さんも、稜さんと違う種類の魔女なのかもしれない）

亜矢美に誘導されて博人がベッドに浅くかけ直すと、未亡人はフィギュアスケーターならではは柔軟ぶりを発揮して、身体を深く折り曲げた。ベッドよりも低くした顔を睾丸の下へと差し入れ、右側の袋へ口づける。

「ひっ、はあああ、あうっ」

心に生まれた危機感も、亜矢美の口が陰嚢《いんのう》に吸いついた途端に、雲散霧消した。気持ちよさに、なにも考えられなくなった。ペニスを口で愛撫することは、真夏と初体験する前から、いわば当然の知識として知っていた。しかし睾丸を舐められるなど、想像したこともなかった。乳首を吸われる以上の驚愕だ。そして乳首を吸われる以上の快楽が、二つの袋からあふれでてくる。

睾丸の表面を舌が這いまわると、博人は全身を震わせ、開いた両脚をせわしなく前後に動かした。両手の指が太腿を強く握り、足の指が床を何度もかく。

「うっ、くうう、気持ちいい、亜矢美、もっと舐めて」

「はい、博人様。心をこめてお舐めしますわ」

亜矢美は自分のマーキングをするように袋の表面全体を唾液で湿らせると、口を大きく開けて、陰嚢《いんのう》そのものを口のなかに含んだ。

「おおっ！」

博人が衝撃でジタバタともがく。睾丸全体が柔らかい舌と口内粘膜に包みこまれて、天国へいった心持ちだ。

「んっ、んふっ、んふふう」

「え、亜矢美、なに？　ふあああっ！」

未亡人の両手の指が、ペニスにからまってきた。睾丸責めによって勃起しきっていた亀頭から、巧みに皮が剝きおろされる。すでに先走りの体液で、表面はぬるぬるになっていた。その上から、熟女の両手が唾液をなすりつけてくる。

「ああっ、すごい！　おかしくなる」

人間の指というより軟体動物の触手の群れのように、亜矢美の指は男根全体に柔軟にからみつき、ゆったりと動いた。稜が見せた激しさはなく、博人のペニスがやわやわと撫でられ、睾丸全体が甘く吸われる。

また新たな美女の新たな性技を経験して、博人はたやすく絶頂へと導かれた。

亜矢美の口のなかに収まった精巣から、亜矢美の両手に巻きつかれた男根へと、精液が怒濤《どとう》となって突き進んだ。

「ふあああ、出る！　亜矢美、出るよっ!!」

「むふっ、んうっ、むむふう」

　亜矢美のうめき声も、明らかに蕩《とろ》けている。亀頭の表面が指に抱かれているので、鈴口から溢れた精液は、前へ飛ばなかった。重なり合う指にさえぎられて、手のひらや肉幹を伝って、下へと流れ落ちる。

　白い滴《したた》りは雨となって、睾丸を咥《くわ》えたままの亜矢美の顔に降りかかった。自分が導いた精液を美貌に浴びて、完熟の肉体がふるふると震える。後ろに突きだした巨尻が悦びにうねった。

　陰嚢をつるりと口から出した亜矢美が、顔を濡らす白い粘液を舐めとる。

「はあああ、よかったです。恥ずかしながら、わたくしもイッてしまいました」

「え、でも、亜矢美がぼくを気持ちよくしてくれるだけで、ぼくはなにも触れていないのに」

「博人様を満足のいく射精にお導きするのが、わたくしの快楽なのです。でも、本当にわたくしを気持ちよくしていただけるのなら、明日のスケートリンクで楽しみましょう」

亜矢美が正座したまま、ころころと鈴の音にも似た笑い声を鳴らせた。

そして博人は気づいた。

（亜矢美さんは、ぼくが部屋に入ってきてから、一度も膝を床から離していない）

特訓⑦～スケート 熟れたお尻を捧げます……

屋内スケートリンクは完全に凍っていた。

ひんやりとした空気の下に、広々とした白い氷のステージがひろがっている。

博人は周囲を囲む通路からリンクを眺めて、隣りで静かに立っているジャージ姿の亜矢美に尋ねた。

「わざわざ、ぼくたちのためにリンクに氷を張ったんですか？」

「いいえ。水巻アスレチックセンターのスケートリンクは一年中営業していますわ。冬でも、夏でも、好きなときに滑れますわ」

「さすが大企業だなあ」

「ええ。体験希望者には、お好きな競技の衣装をお貸しするサービスも、とても充実していますわ」

「でも、ぼくのこれは……どうかな」

「とってもお似合いです。もう、きゅーん！」

（わ、わからない……）

　博人はあらためて自分の体を見おろした。細い体にぴったりとフィットした黒いジャケットとパンツ。胸には宝石をちりばめたような極彩色のラメがきらめいている。亜矢美が用意した男性用のフィギュアスケートの衣装だ。キラキラした輝きを見おろすだけで、気恥ずかしくなった。

（こういう衣装は、アメリカやヨーロッパのすらりとしたかっこいい選手が着ないとさまにならないと思うなあ）

　足には、衣装と同じ黒いスケートシューズを履いている。やはり亜矢美に貸してもらったフィギュア用のシューズだ。

　博人は通路からリンクに出ると、危なげなく滑りだした。スポーツには興味のない博人だが、スケートは経験がある。父親の故郷が北海道のスケートの盛んな町で、正月に祖父の家に行くと、必ず親戚たちにスケートをやらされたからだ。

　博人の滑りを見て、亜矢美は手を叩いた。

「お上手です、博人様。お教えできることは、なにもありませんわ」

「いやあ、そうですか」

元オリンピック候補の大仰な賞賛に、たまらず博人は赤面してしまう。

(いとこたちに散々笑われながら転びまくった甲斐《かい》が、少しはあったかなあ)

「それでは、わたくしも衣装に着替えてきますので、少々お待ちくださいね」

すでに氷上にいるかのようななめらかな足取りで、白いジャージが更衣室へ消えた。

亜矢美が戻ってくるまで、博人は去年の正月以来のスケートを無心に楽しんだ。幼稚園の冬休みに、はじめてスケートシューズを履かされて氷に立たされたときには、真剣にいやがっていた。それからたいして上達していないが、今はスケートを楽しんでいる。

(溺れて泳げなくなったのも、幼稚園のときなんだから、なんだか不思議な気がする、えっ!)

ふと顔をあげると、リンクの向こうから赤いものが、高速で自分のほうへ迫ってくるのが見えた。

「なに!?」

と声を出したときには、赤い影がすぐ目の前に来た。博人の氷上の技量では、避けるどころか、一歩も動けない。

「ぶつかる！」

わめく博人の脇を、赤い突風が駆ける。博人が振りかえるよりも速く、風は方向を変えて、少年の周囲を猛烈なスピードでぐるぐるまわった。真紅のつむじ風のなかに呑みこまれたようだ。

「なななな」

ジャッと氷を削る音をかき鳴らして、旋風が博人の正面で停止する。その瞬間、赤い風は河本亜矢美になった。

「お待たせしました」

にっこりと笑い、両手をひろげてポーズをとる亜矢美は、光沢のあるルビー色のフィギュア用スケートウェアを着ている。赤い色も一様ではなく、胴体の曲線を強調するように美しく絶妙なグラデーションだ。

両腕の袖が手首まであるのとは対照的に、下半身はテニスのスコートよりもさらに短いフリルで隠れているだけで、ひらひらした布のなかからむっちりした太腿が伸びている。それも本来なら着用するはずのタイツを穿いてない。本物の生足だ。

足先には、もちろん赤いスケートシューズ。真夏の競泳水着や稜のテニスウェアとは違い、普通のフィギュアスケートの衣装だ。

逆に着ている人が普通ではない。本来は十代後半から二十代前半の女性が着用するものなのだ。三十歳の熟れきった肉体を持つ亜矢美の身体を入れるには、サイズが小さかった。

巨乳が赤い布に絞めつけられてたわんでいる姿は、痛々しく感じるが、同時に今にも弾けそうな乳肉の爆発的な圧力をアピールしている。

ウエストも明らかにサイズが合わなくて、かえって女の肉の柔らかさを強調することになった。ごく短いフリルスカートでさえ、むちむちの太腿を二本も入れるには、小さすぎる。

露出はない。隠すべき部分はすべて隠されている。しかし豊熟な女体を無理やりに窮屈な拘束具に押しこめた圧迫感が、あからさまにあふれていた。あたりまえのスポーツウェアが、亜矢美が着ることでボンデージファッションと化した。

「どうですかしら。久しぶりに昔のコスチュームを着てみたのですけど」

「とても綺麗だ。でも」

「でも？」

「亜矢美が着るとちょっと、セクシーすぎちゃうかな」

「うれしいです！」

いきなり亜矢美がダッシュして、博人にしがみついた。博人には未亡人の勢いをとめられない。抱きつかれて二人いっしょに背後へ滑っていきながら、口に濃厚なキスを受けた。博人の胸にぶつかり、ルビー色の拘束服の豊乳がさらにひしゃげて、二人の体の間から押しだされた。

キスが終わるとすぐ、亜矢美の身体が反転した。博人の胸に、背中をあずける形になる。熟女の両手が、背後の少年の両手を取り、前へまわして自分の乳房の上に置いた。

「うわあ、柔らかい」

薄いコスチューム越しに感じる柔らかさに、博人の手のひらがそのまま乳房に吸いつく。ごく自然に両手が動きはじめ、未亡人インストラクターの熟した乳房を揉んだ。

「ああ、亜矢美の胸は、本当に柔らかいよ」

同じ巨乳でも、真夏と凌の乳房にはもっと弾力があった。指を押しこんでも、すぐに跳ねかえされる力強さがあった。亜矢美の乳肉は、完熟したトマトの果肉のように蕩《とろ》ける感触だ。指の動きに合わせて姿を変えられながら、逆に博人の手を包みこむ。あるいは底なし沼とはこういうものかもしれない。

「あああ、博人様の手が、たまらないですわ」

乳房からあふれだす悦びを自分の王国であるリンクに伝えようと、亜矢美は右足のブレードで氷を蹴りつけた。その場で二人の体が高速でスピンをはじめる。

「うわあっ！」

博人は驚いて巨乳を強く握る。亜矢美も博人の手の甲に、自分の手を重ねた。

「博人様、スピンに逆らわず、身をまかせてください」

「は、はいいっ」

「ああ、わたくしも若い頃はコーチに胸を揉みくちゃにされながら、ともにジャンプができたのに。今では無理ですわ」

「ジャンプなんて、絶対にやめて！　もう、目がまわる！」

「ああん、残念です」

甘えた声を出しながら、亜矢美が再びブレードで氷を突いた。スピンが崩れ、二人の体がゆるやかな孤を描いて、リンクを移動する。

「博人様、これをごらんください」

亜矢美がスピードをわずかにあげて、自分だけ前へ進んだ。博人の体から離れると、両脚を開いて、上体を倒し、前屈の姿勢になる。

博人から見れば、逆V字になった両脚の間から、逆さになった亜矢美の顔がのぞく状態だ。上下がひっくりかえった未亡人の唇が、もう一度告げる。

「ごらんください、博人様」

自分がなにをごらんになるべきなのか、博人にはすぐにわかった。言われる前から、それしか目に入っていない。

尻だ。

短いフリルは、もはや隠す役には立たない。ルビー色の布は、みっちりとつまった肉に食いこむばかりで、迫力と魅力を強調する小道具になっている。亡きコーチをはじめとして、亜矢美が認めた男たちの欲望をたっぷりと吸収して、満々と実った尻が、少年の視界を埋めつくした。

博人が尻に目を奪われていることを確認して、亜矢美は前屈の姿勢のまま、両手を差しあげて、コスチュームの股間部分に触れた。マジックテープでとめられていた股間の布が上下に離れて、ゴムのように小さく縮む。

「ああっ！」

感激の声が、博人の喉から飛んだ。博人の目の前で、今まで布の内に縛られていた尻が、外へと解放されたのだ。ただでさえ大きな熟尻が、さらにひとまわりボリュームを増したように感じる。博人は目の前の尻から圧力が放たれて、自分が氷上を押し戻される錯覚に囚われた。

「すごい。すごいお尻だ、亜矢美。こんなお尻、見たことがない」

股間を覆うものがなくなったのだから、当然尻の下にある秘唇もあらわになっている。今の姿勢では、見えるのは恥丘のふくらみと、中央を走る縦の裂け目だけだが、女性器が差しだされているのは間違いない。しかし博人は、神々《こうごう》しいまでの熟女の尻の魅力にひれ伏して、それ以外のモノは意識の外だ。

「ああああ、感じますわ。博人様の熱い視線が、わたくしの尻たぶをジリジリと焼いています。はああん、熱くて気持ちいい。視線だけでイッてしまいそうですわ」

本当に炎で炙《あぶ》られているかのように、美巨尻の白い肌に赤みが差し、うねうねと前後左右にくねっている。そんな動きをしても、一定の速度を保って滑っているのが驚きだ。

「でも、もっと博人様に見ていただきたいものがあるのですわ」

紅潮して張りを増す尻肉の表面を、指が妖しい虫のように這った。両手で尻の谷間を割り開き、奥ですぼまる秘密の器官を自らさらけだした。

「見えた！　お尻の穴、見えた！」

亜矢美の右手の指が谷間を下って、しわが集中する小さな自分のつぼみに触れた。

「んっんん！」

スケートインストラクターが熱っぽい声をあふれさせるとともに、人差し指が肛門のなかに潜りこんだ。博人も目を剝き、予想外の光景に息をつまらせる。

「はあぁ、博人様、わたくしのあさましい姿を、ううっん、見つめてください」

博人が見つめる前で、人差し指が根元まで肛門に潜入し、なかで蠢《うごめ》いている。肛門も指をしゃぶるように開閉を繰りかえして、侵入物にからみつく。指の動きに操られて、尻全体が淫らなアイスダンスを舞った。それでも不自然な前屈姿勢はまったく崩さない。

博人は本来女性の前では絶対に口に出さない言葉を、自ら快感を生みだしている淫らな尻へぶつけた。

「オナニーしてる！　亜矢美はお尻の穴でオナニーしてるのか！」

「そうですわ。あああ、これもコーチが教えてくださった、すてきなことのひとつです。コーチは最初に、わたくしの肛門の処女を奪ってくださいましたの。あふっ、うっんん、最初の一カ月は、コーチはお尻しか愛してくださいませんでした。前の処女膜を失う前に、わたくしはお尻を貫かれる快楽に魂の奥まで染められたのですわ」

博人の想像を絶した話だった。読書家の博人はいわゆるアナルセックスの知識はあったが、変だというイメージしか持っていなかった。現実に目にする肛門を嬲《なぶ》るオナニーは、頭がくらくらするほどいやらしく、美しく、心の底から引きこまれてしまう。

「ああ、博人様、これを」

と亜矢美の人差し指が、尻のなかから出てきた。しかも姿を見せたのは、指だけではなかった。曲げた指先にからまって、一本の白いひもが出てくる。

「お願いします、博人様。このひもを引っぱってください」

「ぼくが！」

指が離れると、肛門から一本の白いひもが垂れさがった。博人が持つ常識を完全にくつがえす光景だ。

「はい。スケートリンクに来る前に、しっかりとお尻の洗浄をしましたから、不潔なことはないですわ」

「しばらく姿が見えないと思ったら、そんなことをしていたのか！」

「博人様に本当のわたくしを知っていただきたくて、念入りに用意したのですわ。さあ、引いてください。わたくしを助けると思って、お願いします」

亜矢美の口調が切迫したものになった。尻たぶにも、谷間にも、汗が浮いて、足もとの白氷同様に輝いている。声と光に引きこまれて、博人は承諾の返事をするしかなかった。

「う、うん」

（お尻の穴からひもが出てくるだけでも驚きなのに、引っぱったらどうなっちゃうん
だろう？）

博人はスケートの速度をあげて、亜矢美の尻に追いつくと、右手でひもをつかんだ。

指に伝わる感触が、脊髄《せきずい》を震わせる。

（うわ、しっとりしてる！）

ペニスを爆発しそうなまでに硬直させて、ひもを引いた。目の前で巨美尻がぶるぶ
るとわななく。ひもには意外な抵抗があった。なにかが肛門の向こうで引っかかって
いるみたいだ。

「どうなってるんだ？」

「あああ、もっと強く、引いてください。このままだと、わたくし、気が変になって
しまいます」

「こ、こうかな」

腕に力をこめると、ひもを咥《くわ》えたまま閉じた肛門が、内側から盛りあがった。すぼ

まりがひろがっていき、放射状のしわが伸ばされる。

「あんんん、いいっ、来るう！」

亜矢美の嬌声《きょうせい》がいちだんと高くなる。大きく開いた肛門のなかから、ピンポン球ほどの白い玉が飛びだした。

「うっわ！」

「はっああん！」

博人の驚愕の叫びと、亜矢美の歓喜の声が重なる。尻のなかから出現した玉は、中心に穴が開いて、ひもが通してある。玉の後ろから伸びるひもはまだ肛門のなかにつづいていた。一度は開いた肛門はまた閉じて、ひくひくと息づいている。

博人は自分の右手からさがる玉と熟尻を、交互に見つめた。

「あの、お尻のなかに、玉を入れていて、これ、痛くないの？」

「わたくしは痛みを喜ぶ性癖はないですわ。それもコーチに教えていただいた、お尻を気持ちよくする玩具のひとつです。ああ、残りは、一気に引いてくださいませ」

「う、うん。それっ」

ひもに連なって、肛門から白い玉が次々と出てきた。一個の玉が通過するたびに、肛門がひろがってはすぼまる反応を繰りかえした。

「はあっ、あああ、た、たまりません！　博人様、きゅーーん！」

呆然とする博人の目の前で、巨美尻が左右に蠢《うごめ》いた。汗に濡れた尻たぶの上で、十本の指が淫猥《いんわい》なダンスを披露する。すべてが博人を欲情させるための仕草だった。

「亜矢美……」

「博人様、命じてください。博人様が、わたくしのお尻を使ってしたいことを、はっきりと命じてくださいませ」

亜矢美が言い終わる前に、博人は黒いパンツのファスナーをさげて、勃起しきったペニスを引きだした。眼前で繰りひろげられた激烈な光景に当てられて、すでに鈴口から透明な体液がにじみでている。

「ぼくのを、亜矢美のお尻で咥《くわ》えろ！」

「喜んで！」

亜矢美の返事を聞くよりも早く、博人は熟尻にぶつかった。もはやアナルセックスへの違和感など、意識のどこにもない。いやらしすぎる熟女の卑猥《ひわい》すぎる巨尻の淫らすぎる肛門へ、自分のたぎり立ったペニスを突っこむことしか考えられない。

二度失敗してから、熱く濡れた肉孔へと挿入できた。玉が出てきたときには広く見えた肛門は、恐ろしいほどの収縮力で男根にからみついてくる。

「うああ！　狭い。熱い」

「あひいっ、これです！　これが欲しかったのです！」

はじめて味わう尻の穴は本当に狭かった。つい今までピンポン球サイズの玉がいくつも収まっていたとは信じられない。ただ狭いだけではなく、別の生物のようにうねうねと動いて、絶妙な圧力をかけてくる。真夏や稜の膣がしてくれたことを、亜矢美は肛門と腸でしている。

「はあっ、博人様、わたくしのお尻の具合はいかがですか。ああ、わたくしのお尻は、ちゃんとご奉仕できていますかしら」

「すごく気持ちいいよ。ああ、女の人のお尻がこんなに気持ちいいものだなんて、全然知らなかった」

博人の言葉を聞かされて、亜矢美が尻をぶるっと震わせた。意識しての行為ではなく、褒《ほ》められたことで身体に快感のパルスが走り、ひとりでに身体が反応したのだ。

「はあん、ありがとうございます。博人様のお言葉を聞くだけで、イキそうになりましたわ」

博人も、未亡人の大きな尻の振動の波をまともに受けて、快感のステージが上昇した。欲望の炎に、さらに油が注がれる。

「ああ、気持ちいいけど、リンクのなかだと、あんまり動けない。もっと亜矢美を責めたいんだ」

「承知いたしましたわ」

亜矢美のブレードが白氷を蹴った。博人とつながったまま、一気に加速する。博人は驚いて亜矢美の腹にしがみついた。

「うわ、速い！　でも、気持ちいい！」

「ああっ、はああ、わたくしもスピード感がいいです」

亜矢美の足がスケートシューズを自在に操った。速度を落とさずに、尻と男根でつながったままリンクの上で回転する。まわるたびに二人の悦楽が高まる驚異のアイスダンスを演じていく。

何度も回転の妙技を披露してから、亜矢美はリンクを囲む木製の手すりに到着した。自分から手すりを握り、赤いコスチュームに包まれた柔豊乳をバーに押しつける。ルビー色の布のなかで尖《とが》った乳首が刺激されて、甘い痺れがいくつも生まれた。自分の身体を固定すると、振りかえって蕩《とろ》けた美貌を博人へ見せた。

「どうぞ、お好きなだけ、亜矢美のお尻を泣かせてやってくださいませ」

亜矢美の言葉に誘われて、博人は気合いをあげた。

「ようし、やるぞ！」

博人は両手で亜矢美の腰を押さえて、一気に自分の腰を叩きつけた。ペニスの突きあげに合わせて、亜矢美の尻がくねる。まだまだ拙い腰の動きしかできない博人だけではアナルの深い悦びを生みだせない。スケートインストラクターの手助けで快感がリフトされる。責めているのは博人だが、主導権を握っているのは亜矢美の熟尻だ。

博人は真夏と稜に告げたのと同じ感嘆の言葉を、未亡人の後ろ姿に伝えた。

「すごい。すごいよ、亜矢美！」

博人にも、亜矢美の動きの巧みさが理解できる。亜矢美の官能に満ちた女体も、はじめて交わる少年と調和する性技も、亡きコーチや亜矢美が選んだ他の男たちが注いだ愛情によって磨かれたものだ。自分は今、亜矢美が創りだした愛と官能の結晶とひとつになっている。もしかしたら自分も亜矢美の魅力の一部になれるのかもしれない。

夢見るような陶酔感に包まれて、博人は一心に十三歳年上の極上の女尻を貫きつづけた。もちろん亜矢美も最高の尻のダンスで応えてくれる。いや、亜矢美が指揮をして、博人という若い楽器の性能を次々に引きだしていた。

「ああっ、いい、いいです、亜矢美のお尻がおかしくなります」

「ぼくも、あうう、ぼくも、亜矢美のなかに射精しそうだ」

亜矢美の顔がまた背後を向いて、絶頂寸前の高熱に彩《いろど》られた美貌を少年へ見せつけた。

「あああ、お願いしますわ。亜矢美のお尻を、あっんっ、博人様の精液でいっぱいにしてください」

性の歓喜に輝く笑顔と、甘美な言葉の音色が、博人の起爆剤となった。フィギュアスケート用のぴったりした黒いパンツのなかで少年の尻が強くひきつり、奥の奥まで亀頭を届かせようとする。

蠱惑《こわく》の腸粘膜に包みこまれた亀頭から、大量の精液が溢れた。

少年の射精にタイミングを合わせて、亜矢美は自らの絶頂を解放した。

「うあああ、出る!!」

「ほおおお、ありがとうございます、博人様。イカせていただきます!!」

射精されながら亜矢美は氷の上に倒れ伏した。胸と頬が凍った床に密着して、火照《ほて》った身体を冷やしてくれる。

「あああ、冷たくて、いいですわ」

自分を育ててくれた氷に感謝のキスをする未亡人の後ろで、博人がくしゃみをした。

亜矢美に引きずられて尻餅をついた博人は、尻に伝わる冷たさに震えた。

（明日はもう少し暖かいところでやりたいな）

☆

「尻！　亜矢美ったら、博人くんにアナルセックスを教えてる！」

スケートリンクに設置したカメラが撮影した映像が、出張研究室のパソコンのモニターに映っている。被験者を観察するために、三千代の部下たちが急いで取りつけたものだ。

モニターの前で怒声を発しているのは、やはり真夏だった。

「三千代、聞いてる？　亜矢美の性癖は変わってると聞いてたけど、お尻で博人くんを誘惑するなんて、これは卑怯よ。卑怯すぎる！」

別のパソコンでデータの整理をしている三千代が、膨大な数字から目を離さずに口を出した。

「そんなことを言うなら、まなっちも教えてあげればよかったのに」

真夏は首を左右に振った。

「わたしはアナルの経験なんてないよ」

「後ろは処女なのね」

「だって、お尻に入れられるなんて、なんだか怖いじゃない」

「へえ。まなっちもそんなふうに考えるなんて、ちょっと意外」

「そういう三千代はどうなの？　お尻の経験はある？」

「まさか。わたしもないよ」

「その普通じゃないことで博人くんを篭絡《ろうらく》しようとするのが、納得いかないよ。ああ、もう、こんなことを言ってると、わたしが亜矢美に負けたみたい」

真夏は自分の態度に納得がいかず、モニターから離れようとした。だが一度は立ちあがりかけたが、また椅子に座りなおす。

「まったく、なにをやってるんだろう」

真夏は再びモニターをにらんだ。

最終特訓～ハーレム　お姉さん全員抱いて！

亜矢美との三日間が終わると、博人は水巻アスレチックセンターの空き倉庫に設置された津和三千代の出張研究室に連れこまれた。研究室のなかは、三千代の部下たちが運びこんださまざまな検査機器で埋まって、ここだけ別世界と化していた。

博人は三日間も研究室に軟禁状態にされて、体のテストをつづけられた。

三日目の夜に最後の検査が終わると、博人は今やすっかりおなじみになった白と赤のジャージを着て、また姉に連れられて研究室を出た。

案内されたのは、懐かしの屋内プールだった。一歩足を入れると、耳にうれしい声が迎えてくれた。

「博人くん！」

ジャージ姿の遠江真夏が、プールサイドで両手を振っている。最後に別れたときと変わらない明朗な笑顔を見ると、博人も心底ほっとした。

「博人くんの顔を見るのは、なんだか、すごく久しぶりな気がするよ」

「宿泊室の廊下で別れてから、もう一週間もたってるから、ぼくも懐かしい気がします」

見つめ合う二人の間に、力強い声と甘い言葉が割って入ってきた。

「おーい、わたしもいるぞ」

「博人様、こっちです」

壁際にベンチが並び、その前に折り畳み式の木製のテーブルが置かれている。テーブルの上には、スポーツフロンティアズ社製のスポーツドリンクと塩分無添加の野菜ジュースのペットボトルがあった。

ベンチに座って足を組み、野菜ジュースのボトルに直接口をつけて、豪快に飲んでいるのは久谷稜。

その隣りで、グラスに挿《さ》したストローからスポーツドリンクをすすっているのは河本亜矢美だ。

二人とも、さも当然のようにおそろいのジャージを着ている。

「やあ、博人。やっと三千代先生の穴ぐらから自由にしてもらえたのか」

「こんばんは、博人様。こちらへどうぞ」

稜と亜矢美の間に、指定席と言わんばかりにスペースが空けられている。亜矢美が飼い犬がしっぽを振るように、指でベンチを叩いた。

引力につかまった隕石さながらに、博人は二人の間に腰かけた。真夏は亜矢美の隣りに座る。すぐさま亜矢美が二個の保冷水筒をテーブルに乗せた。

「博人様はお茶と青汁のどちらをお飲みになりますか？　両方とも、わたくしの自家製ですわ。青汁も飲みやすくしてあります」

にっこりと微笑む亜矢美の顔の前に、空のグラスが差しだされた。

「青汁をもらおうか」

と先に注文したのは稜だ。

「ぼくも、それをいただきます」

亜矢美は微笑んだまま、博人の前のグラスに青汁を注いでから、稜へもきちんとついだ。飲んでみると、製作者の言葉通り、健康的な美味しさが口から胃袋へひろがり、体内が洗われるようだ。

「おいしいです！」

「きゅーん！　次はわたくしが考案したヘルシーメニューのフルコースをご馳走させていただきますわ」

三千代がテーブルにノートパソコンを置くと、すばやくキーボードを打った。

「さあて、全員集合したところで、これを見て」

ラップトップのモニターに、複雑怪奇なグラフや数式や化学記号が現われる。

「というわけで、このデータをごらんの通りというわけよ」

「わからないよ、姉さん」

「わかるわけないって、三千代」

「先生、むちゃ言うな」

「さっぱりです」

ベンチの四人からいっせいに文句が飛んだ。

三千代はわさわさと頭をかいた。およそ女らしさのない仕草だが、本人はまったく気にしていない。

「うーん。わかりやすくディスプレイしたつもりだったんだけど、まだ難しかったようね」

「とにかく、結果を教えてよ」

弟の言葉に、スポーツフロンティアズ期待の女化学者は首を振った。

「経過をすっとばして、結果だけを手に入れようというのは、科学的姿勢に反するものだけど、まあ、しかたない。まなっちたち三人に協力してもらった実験結果だけど、単刀直入に言うと、これといった意味のある結果は得られなかったのよ」

「えええええっ！」

と四人の合唱が、屋内プールに反響した。亜矢美以外の全員がベンチから立ちあがる。スケートインストラクターだけはタイミングを逃がしたらしく、尻を浮かせて、また座った。

「姉さん、なんだよ、それ！」

「楽しみにしてたのに」

「やり損か！」

被験者たちの鋭い視線を浴びても、三千代は平然と受け流した。

「とにかく、最初のまなっちには多少は効果があったけど、稜さんと亜矢美さんには効果はまったく確認されなかったのよ。ひろくんの体もあらためて検査したけど、問題の物質はもはや分泌されていなかった。結局、ひろくんの身体的変化はごく一時的なものでしかなかったみたい。当然、ひろくんの定期検査は続行するけどね。まあ、こういう試行錯誤こそ、科学の醍醐味《だいごみ》ね。というわけで、皆さん、ご協力感謝します。食品部門からの謝礼が、今月の給料に加算されるので、お楽しみにしててね」

インストラクターたちから次々と失望の声があがった。

「結局、わたしたちの運動能力を高めるという話はなし?」

「本気で期待していたのにな」

「残念ですわ」

三千代はうんうんとうなずいた。

「ようするに、うまい話はそうそうないということね」

「三千代が言うことじゃないよ、それは」

「しかたない。先生のおごりで、大失敗記念の打ちあげに繰りだそうか。スポーツフロンティアズを支える天才化学者様は、しがないインストラクターよりもはるかに高い給料をもらってるんだろう」

「いいですわね。前から行きたい店がありますの。高くて入る勇気が出なかったところです」

「ちょっと待ってよ。ただの研究員が、そんな高給をもらってるわけがない。特許権は全部会社に持っていかれるんだから!」

盛りあがる四人の美女を、博人は遠いことのように眺めた。

(これで、終わり?　これで全部、なにもかも終わりなのか?)

そう思うだけで、博人は大きな喪失感に打ちのめされる。呆然とする少年に、稜がなにげない口調で告げた。

「お子ちゃまとは、これでお別れか。あっという間だったね」

博人は、姉とじゃれ合っている真夏の横顔をじっと見つめた。

(真夏さんともう会えない。真夏さんとの関係は、これでおしまいになってしまう。ぼくがどれだけ好きと言っても、ぼくと真夏さんとの間には、ただ姉さんの実験の被験者というつながりしかないんだ。だけど、でも……)

博人はベンチを蹴って立ちあがった。だがベンチは床に固定されているので、博人のほうが反動で前につんのめり、テーブルにぶつかった。

「うわっ!」

傾《かたむ》いたテーブルをあわてて押さえた。危うく野菜ジュースとスポーツドリンクと青汁とお茶をプールサイドにぶちまけるところだ。

テーブルがたてた音が、四人の美女を静まらせた。視線が、博人の顔に集中してくる。博人はテーブルに手をついたまま、うわずった声を絞りだした。

「真夏さん！」

「はい？」

真夏が小首をかしげて、博人の顔を見あげた。

「あの、真夏さんのおかげで、ぼくは泳げるようになりました。でも、まだ、あの」

と目の前のプールを指差した。

「プールをのろのろと横断するのがやっとです。もっとちゃんと泳げるように、これからも教えてほしいんです」

「それは、アスレチックセンターのわたしの水泳教室に入りたいということ？　それとも個人レッスンを受けたいのかな？　個人レッスンだと授業料は高いよ」

「かまいません。あの、今すぐは無理かもしれないけど、あとで必ず払いますから」

真夏は巨乳の前で両腕を組み、博人をにらんだ。

「でも、その前にもう一度、わたしに言っておくべきことがあるんじゃない？」

「えっ、ええ？」

博人の頭が混乱した。意識のなかを、真夏の厳しい言葉がぐるぐると渦巻いている。

(言っておくべきことって、なんだろう？　もう一度って、もしかして、あのことなのか？　いや、それしかない)

「あの、好きです、真夏さん。ぼくと恋人として付き合ってください」

真夏が腕組みをほどき、無意識にテーブルの縁を強く握りしめていた博人の指をつかんだ。力をこめて、縁から指を剝がす。

「OKよ。両方ともね」

「両方ということは」

「恋人兼個人インストラクターとして、たっぷりと教えてあげる」

「！」

博人の顔が一気に輝いた。口を開けるが、言葉が出てこない。男としていまひとつ格好がついていない年下の少年へ、真夏はきっぱりと断言した。

「ただし、このわたしが特別に教えるんだから、目標はドーバー海峡横断ね」

「え」

とまどう博人の前で、稜と亜矢美も立ちあがった。

「それはいい。博人にドーバー海峡を横断させる会を発足させよう」

「わたくしも協力を惜しまないですわ」

「ええっ」

「というわけで、博人くん、さっそくレッスンよ」

真夏がジャージのファスナーを自らおろした。たちまちシャツとパンツとスニーカーを脱ぎ捨てる。博人の目の前に、懐かしい光景が現われた。

真夏の抜群のプロポーションに、極薄のウォーターブルーの競泳水着がもう一枚の皮膚のように貼りついている。博人の鮮明な記憶にある通り、乳首も、へそも、肉唇の溝も、すべてくっきりと浮きだしていた。

脱いだのは、真夏だけではなかった。稜が真夏を押しのけて博人の前に立ちはだかり、すばやくジャージを脱ぐ。

「うわあ」

と博人が間が抜けた声をもらした。現われたのは、目も覚めるほど鮮やかな真紅のスリングショットと呼ばれる水着だ。

股間を隠すごく小さな二等辺三角形から上へ伸びる二筋の細い布が、大きな乳房の乳首とその周辺だけを隠している。二本の布は背中にまわって一本になり、尻の谷間に食いこむTバックと化す。スリングショットという名称は、水着の形が同名のゴムを使ったパチンコに似ているところからつけられたもので、極限の女体露出を演出する。実用性などなにも考えておらず、ひたすら肉体を強調して、セクシーに見せつけるためにデザインされた水着だ。日本の日常でお目にかかることはまずない。博人もグラビアでスリングショットを見たことはあったが、生で見られるなど、思いもよらなかった。

「どうだ！」

稜は両手を後頭部で組んで、胸をそらした。少しでも動いたら乳首が飛びだし、股間からずれそうな水着をつけた身体を、博人へ突きつける。

見せつけられた博人のほうは、なんとも答えようがない。ただ真夏と稜の煽情的すぎる水着姿を交互に見つめるばかりだ。真夏は胴体を完全に隠しているが、身体の細部まで浮き彫りにする薄膜だ。稜はギリギリの部分しか隠していない。それゆえに胸と股間をより強調して、見る者に妄想させる。二人とも少年の欲望をかきたてようと、胸や腰を強調するポーズを競っていた。

「博人様、わたくしの水着も見てください」

亜矢美もゆっくりとジャージを脱ぎはじめた。

未亡人が着用している水着を見て、驚いたのは博人だけではなかった。

「ええっ！」

「それは！」

「おまえ！」

真夏と稜もいっしょに仰天の声を発し、目を丸くして、同僚の水着姿を見つめる。

亜矢美の完熟の女体を覆う水着は、紺色の厚ぼったい布製のワンピースだ。ハイレグでもTバックでもない。最大の特徴は、はちきれそうに盛りあがった胸に長方形の白い布があり、『あやみ』と亜矢美の名前が黒いマジックペンで手書きしてある。

真夏が叫んだ。

「それ、スクール水着じゃないの！」

稜も怒鳴る。

「卑怯だぞ、亜矢美。学生の頃の水着を引っぱりだしてくるなんて。あれ？　ちょっと待てよ」

稜と真夏は、亜矢美の胸のゼッケンをまじまじと凝視《ぎょうし》する。二人そろって首をかしげた。

「『あやみ』って、ひらがなで書いてあるということはそれはいつのものなの？」

「そうだ、小学校のスクール水着が今の亜矢美の体型にぴったりなわけがない」

数々の疑惑を指摘されて、亜矢美は恥ずかしそうに頬を赤く染めて、しかし誇らしげに答えた。

「このスクール水着は、コーチが結婚後に買ってくださったものですわ」

「うわ、変態がいるよ」

「変態夫婦だ」

亜矢美は両手を頬に当てて、くねくねとスクール水着をよじらせる。胸のゼッケンが乳肉の躍動に乗って、たぷたぷと揺れた。

「そんなに褒《ほ》められたら、困りますわ。わたくしはただコーチの指示に従っただけですもの」

それ以上は、誰もスクール水着についてなにも言う気にはならなかった。

水着になった三人組の視線が、いまだジャージを着たままの少年へ向けられる。真夏が楽しげに人差し指を立てて告げる。

「善は急げよ。今から博人くんの特訓をはじめるからね」

「待って。ぼくは水着の用意をしてないです」

スポーツフロンティアズのインストラクターたちは、そろってニンマリと笑った。

六個の瞳が不純な輝きできらめいている。

「それじゃ、博人くんはノーパンで特訓よ」

「いいな。男らしいぞ」

「きゅーん！　ノーパン！　なんて響きのよい言葉かしら」

六本の腕が、博人へ伸びてくる。逃げる間もなく、ジャージが剝かれた。

「うわあ、やめてください。そこをつかんではダメッ！　ひゃあ！」

下に着ていたTシャツがむしり取られ、トランクスが放り捨てられる。全裸にされた華奢《きゃしゃ》な少年の体の真んなかで、すでにペニスが勃起していた。いずれ劣らぬ美貌の、そして連続して肉体の魅力を存分に味わった年上の女たちの、セクシーすぎる水着を間近に見せつけられて、勃《た》たないわけがない。

すっぽんぽんの博人は、三人の、というより主に稜の手で、プールに放り投げられる。

「うわあーーーーっ！」

頭から水中に沈む博人の周囲で、三本の水柱が立った。水中の全裸少年の目前に、真夏の顔が潜ってくる。水中にいながら、真夏は笑っている。ウォーターブルーの競泳水着と一体化した姿態は、人魚が本当にいるのなら、絶対にこう見えるに違いない、と博人に確信させた。

真夏が足を動かし、滑らかに博人へ迫った。両手で博人の頭をつかんで、顔を寄せる。唇が触れ合い、水とともに舌が博人のなかへ入ってくる。水でいっぱいの口のなかで、舌がじゃれ合った。

キスしたまま、二人は顔を水上に出した。重なった唇の隙間から、水が流れ落ち、博人の胸でたわむ真夏の巨乳を新たに濡らして、水面にいくつも波紋を作る。

「今なら、水のなかでしても平気ね」

「してもって、ひゃあ！」

水面下でペニスがつかまれ、手探りで皮を剝かれた。露出した亀頭がプールの水に洗われる。風呂でも味わえない不思議な解放感が、勃起の先端から全身にひろがった。

真夏も競泳水着をずらして、女性器を水中に直接さらした。男女の性器が、ともにプールの水と融合する。

「入れて」

「はい！」

インストラクターの導きでペニスが魚のように水をかき、生きた水中花の中心へ突入する。

「うんっ！」

「ああん！」

肉茎にからみつく柔らかい圧力に身をまかせて、博人は再び、今度は空気中でキスをした。両手はウォーターブルーの美豊乳を揉む。

「ああ、真夏さん、本当にドーバーへ行きたい。いえ、ぼくが必ず、真夏さんを連れていきます」

「ええ、いっしょに行こうね、あっ、気持ちいい！」

「博人、わたしも連れていけよ」

「わたくしも博人様のお供をさせていただきますわ」

博人の左右の耳に、稜の脅迫と亜矢美のお願いが囁《ささや》かれる。テニスとスケートのインストラクターの唇がそろって左右の耳を甘噛みして、舌先を耳の穴に這わせた。

「ああ、わかりました。稜さん、亜矢美」

博人の返答を聞くと、稜と亜矢美は離れていった。残された博人と真夏はそのまま水中での肉交に没頭する。博人は懸命に腰を振りたてて、周囲に波を起こした。真夏も腰をくねらせて、別の波を立てた。

やがて二種類の波紋はリズムを整えていき、ひとつに合成され、より大きな波の同心円をいくつもプールの水面に描いた。

「はああ、わたし、イキそう。博人、前よりも上手くなってる。稜と亜矢美に鍛えられたのね」

「ああ、真夏さんも、前より気持ちよくなってます」

真夏の唇が、まだ亜矢美の唾液が残る右耳を咥《くわ》えた。耳の内側を舌でなぞりながら、今までにない甘い声を吹きこむ。

「気づいた?　わたし、あの二人に嫉妬《しっと》してるんだから。はああん、やきもちを焼くなんて久しぶりよ」

「あうっ、ありがとうございます」

「お礼を言うところじゃないと思うな」

嫉妬まじりの真夏の女肉は、今まで以上に気持ちいい。はじめて恋人同士として交わる悦びは、博人の体を熱く燃やし、精巣のなかの精液をどくどくと沸騰《ふっとう》させた。

「ああっ、もう、だめだ!」

「わたしもイキそう。あっんん、二人で、水のなかでイコうっ!」

二人のまわりで、波がひときわ大きく変化した。

「ああ、出る!!」

「はううっ、イクっ!!」

水中で、全裸の少年と競泳水着の美女が固く抱き合った。震える体から身体へ、熱い体液が注がれる。自分を愛してくれる女性に放出する悦楽は、全身が蕩《とろ》けるほどに大きい。

「ああ……」

博人は腰がくだけて、ふらついた。バランスが崩れて、真夏のなかからペニスが抜け、背後へ倒れかかる。

水中に沈みかかる博人の後頭部が、硬いものに当たった。

(えっ？　プールのなかなのに？)

足を踏んばり、背後へ顔を向ける。目の前に現われた光景に、あんぐりと口が開いた。

水面に、空気を入れてふくらませるビニール製の黄色い筏《いかだ》が浮いている。大人が数人は横になることができるサイズの筏の上には、稜と亜矢美が寝そべっていた。

「なっ、なにしてるんですか」

「いいだろう。子供用プールの備品を持ってきたんだ」

なにげない口調で語りながら、稜は筏の上で両脚をMの字の形に開いている。ただでさえ露出過多な水着なのに、股間に食いこむ真紅の布のふくらみが強調される。中心を走る縦の線までくっきりと、博人へ見せつけられる。スリングショットで飾られた女の秘部だけでなく、左右に伸びた筋肉質の太腿も水に濡れて、艶めかしい存在感を主張している。

生きたM字の向こうにそびえる乳首だけを隠した双子の山も、寝そべっているのにしっかりとボリュームを保持して、精悍《せいかん》な女の肉体の張りを誇示した。

稜が演じているのは、グラビアなどでよくある、見る者に媚びたポーズだった。しかし博人に向ける挑戦的な顔つきもあって、煽情的でありながら、威風堂々とした雰囲気を醸《かも》しだしている。

稜の左に寝ていた亜矢美は、くるりと反転してうつ伏せになると、両膝を立てた。ゼッケンのついた紺色の豊乳を筏に押しつけたまま、巨尻を持ちあげる。スクール水着には収まりきらない迫力の尻肉が、博人へどうぞとばかりに差しだされる。

未亡人の官能を凝縮した熟尻だけでなく、むちむちと柔らかそうな太腿も、ぷるぷるしたふくらはぎも、すべて亜矢美の魅力だと、博人はあらためて教えられた。

二つ並んだ対照的な水着の姿態は、放出したばかりの博人のペニスを瞬時に臨戦態勢にさせるのに充分だ。剝けたままの亀頭が熱くなり、水中でズキズキと欲望に疼いた。

見とれる博人の背後から伸びてきた真夏の右手が、いきなり水中で燃える亀頭をつかんだ。思わぬ刺激を受けて、博人の口から歓声が飛ぶ。

「ふひゃ」

「若いって、困ったものね。いまさっき、わたしのことを好きだと言ったばかりなのに、こんなにオチン×ンを硬くしちゃって」

「ああ、ごめんなさい」

「ライバルがいたほうが、試合も恋愛も盛りあがるものね」

「えっ？」

「わたしも十代にはいろいろあって、このアスレチックセンターにいるということよ。博人くんもいろいろあったがほうが楽しいよ。あ、でも、博人くんを好きなのは本気だからね」

真夏の顔が水面下に消えた。青い影が潜水ですばやく移動していったかと思うと、筏の反対側に現われる。身軽な動作でビニール筏の上に登ると、稜の右側で、博人に顔を向けて四つん這いになった。

濡れてますます胴体に密着した競泳水着をくねらせ、真夏はライバルたちと競い合う一番の武器である巨乳を強調した。

「博人くん、試合開始よ」

「はい！」

博人は高らかにかけ声をあげて、筏の上に体を引きあげようとした。真夏のように俊敏な動きにはならず、かなりじたばたしてしまう。まだ足が水につかったままで、あせって真夏にキスしようとする。

だが首に、稜の右脚が巻きついてきた。

「うわ」

器用に動く稜の脚に挟まれ、博人は赤いスリングショットの上に引っぱられた。赤いベルトが貼りつく乳房の谷間に、顔を押しつけられてしまう。

「次はわたしだね」

キスをしようと、稜の顔が迫ってくる。だが先に博人の唇を奪ったのは、横から顔を出した亜矢美だった。甘い唾液に濡れた未亡人の舌が、少年の口で踊る。

稜も負けまいと、博人の右手の指を咥《くわ》えて、フェラチオの口技を駆使しはじめた。

細い首筋には、真夏の舌が這い、唾液の跡をつけていく。

「んっ、あふう」

「むっん、んんう」

「あむ、んく、はああ」

三美女三様の艶のある吐息《といき》と舌使いの音が、博人の体の上で奏《かな》でられる。華奢《きやしや》な裸体が、三人分の気持ちよさで震えた。

（ああ、すごすぎる！　こんなのって、こんなことって！）

「博人くん、やっぱりわたしがいいよね」

「博人様、なんでも命じてください」

「真夏も亜矢美も順番を守れ！　次はわたしの番なんだ」

テニスプレイヤーだけあって、腕力は稜が最強だった。両手で博人の体から真夏と亜矢美を引き剝がすと、柔道選手さながらのスピードで博人をひっくりかえした。

「つうっ！」

ぱんぱんにふくらんだビニールに背中を叩きつけられた博人は、抵抗する間もなく稜にマウントポジションを取られてしまう。ただし乗られたのは、胸ではなく、裸の腰の上だ。

水着が横にずらされて、稜の肉の花がひとりでにほころぶ様子が、博人の目に映った。プールの水ではない液体が、そりかえったペニスの上に滴《したた》る。

「見ろ。博人と真夏のいやらしい姿を見せつけられて、もうこんなになってる」

言うだけ言って、稜は猛然と腰をおろした。見る間に勃起が稜の膣内に呑みこまれていく。高校生の肉棒に、餓えた野獣のごとく粘膜が襲いかかり、たちまち強烈に揉みくちゃにされる。

「ふわああ、稜さん、きつすぎる！」

「あああ、いい！　こんなお子ちゃまのくせに、うんんっ、たいして大きくもないチン×ンのくせに、どうしてしっくりとくるのかわからない。でも、いいんだ。たまらない！」

「わたくしも、もう、たまらないですわ」

亜矢美の切迫して赤く染まった顔が、快感にひきつる博人の顔を覗きこんだ。今にも涎《よだれ》が博人に落ちてきそうだ。

「ああ、博人様、わたくしのお尻の穴を舐めさせろとお命じください」

未亡人の心底からの淫らすぎる申し出に、博人の体が勝手に反応した。腰をうねらせる稜が、不満の声をあげる。

「博人！　亜矢美のアヌスを想像して、チン×ンを大きくさせたな。ああっ、咥《くわ》えてるのはわたしなのに」

言葉では文句をつけるが、体内の少年の変化が、稜の快楽を高めた。テニスで鍛えた強靭《きょうじん》な腰が動きを激しくして、おかえしとばかりに自身と博人をより大きな肉悦で責めたてる。

「ああふっ！」

「うああっ！」

稜と博人が新たな嬌声《きょうせい》のデュエットを奏《かな》でた。二人の声を聞くだけで、亜矢美の女体を内側から焦がす淫火が大きくなった。スクール水着の奥で、肛門がひくひくと泣いて、亜矢美を急きたてる。

「お願いです、博人様。早く命じてください。おかしくなってしまいます」

「あ、ああ。ぼくに亜矢美のお尻の穴を舐めさせるんだ」

「きゅーん。お望みのままにいたします」

博人の顔を、スクール水着がまたいだ。視界を、濡れて濃くなった紺色と熟れた肌色で完全に埋められる。稜とはまた異なる、馥郁《ふくいく》とした女の薫りに包まれた。

亜矢美の両手が尻たぶにかかると、特製のスクール水着が尻の谷間で左右に割れた。アナルセックス専門の仕様なのか、女性器は外に現われず、肛門だけが博人の眼前に出現した。

三日ぶりに間近に見る亜矢美の肛門は、博人の目に愛らしく淫靡《いんび》な女性器としか映らなかった。他の女性は別として、亜矢美だけは尻を愛するのが当然となっていた。

「今日も、亜矢美のお尻の穴は綺麗だ」

「ああ、うれしいです。今日のために、お尻の手入れを欠かしませんでした」

博人は自分から顔をあげて、肛門に唇をつけた。本当に甘い薫りと味がした。香料かなにかを塗りこんであるのかもしれない。

(ああ、心地いい。ただ亜矢美のお尻の穴にキスしているだけなのに、とっても気持ちいい)

しっとりと柔らかい感触に魅せられて、博人は舌全体で細かいしわをしゃぶりたてはじめる。

「あはあ、ありがとうございます」

肛門に受けた舌の愛撫が、すべて亜矢美のなかで極上の快楽に変換される。スクール水着に包まれるふっくらした肉体がふるふると震えるさまは、今にも熟した身体が崩れ落ちるのを、懸命にこらえているような錯覚を与える。

亜矢美のよがり声が耳に入ると、博人が感じる肛門の魅力が倍増した。未亡人をもっともっと感じさせ、悶えさせたいという欲望が沸きあがってくる。

(ああ、亜矢美さん、もっと感じて。もっと淫らにお尻を踊らせて)

自分の思いをこめて、舌を尖《とが》らせ、肛門のなかへと挿《さ》し入れた。尻のなかの温かい粘膜の感触が、舌に伝わってくる。なかも同じ甘い味覚に塗られていた。

「はあん！　なかに、お尻のなかに、博人様が入っていますわ。ああ、うふう」

「なんだ、これは。ええ、博人！」

博人の意識が亜矢美の尻に集中しているのを感じて、稜は腰をひねり、強烈にペニスを締めつける。

「いひいっ！」

思いもしない力で男根を握りしめられて、博人は思わず頭を持ちあげた。顔が尻の谷間に埋まり、伸ばした舌がずぶりと腸に突き刺さった。

突然の衝撃を受けて、亜矢美が首が折れるほどに頭をのけぞらせ、甲高《かんだか》い声をほとばしらせた。

「ひいいっ！　すごすぎますわ！　壊れてしまいます！」

壊れると口にしながら、未亡人の顔は幸福に輝いている。

稜も、博人を責めたてながら、自分も深い快楽に身体を浸らせた。

「この、このっ、お子ちゃまのくせに！　はああ、気持ちいい！」

膣をペニスでかきまわされる稜も、肛門を舌でえぐられる亜矢美も、互いに快感を競い合うように高めていく。

博人も無我夢中で、自分に乗る二人のインストラクターを悦ばせることしか考えられなかった。肉棒も、舌も、女体が発する淫炎に灼かれて、別のものに変化してしまったようだ。

真夏は余裕を見せて、少年と二人の年上の美女の姿を眺めていた。しかし、すぐに我慢できなくなった。稜と亜矢美に博人を取られる心配はしていないが、三人が放つ淫気に当てられて、身体が疼いてしかたがない。ついさっき博人から精液を贈られたばかりの体内が、新たな刺激を、それも博人から与えられる刺激を求めて喘いでいる。このまま傍観しているなど、身体が火照《ほて》りすぎて、とても耐えられない。

真夏は炎に呼び寄せられる夜の虫のように、向かい合う稜と亜矢美の間に身体を入れた。博人の胸をまたいで、手で少年の左右の手首をつかみ、自分の股間へと導く。競泳水着が横にずれて、露出したままの花唇に、指先が触れた。

「あっん、博人くん。わたしも我慢できないよ。指でもう一度イカせて」

「まかせてください」

と答えたものの、亜矢美の尻に目隠しされて、博人には真夏の姿がまったく見えなかった。わかるのは胸に触れる真夏の尻と、指先に伝わる濡れた粘膜だけだ。指先の触覚だけを頼りに、真夏の肉襞をまさぐるしかない。

真夏も自分で博人の指を導くことはしないで、手探りのままにまかせた。

「ああっ、そこ！　それがいい」

なかなか核心に触れてこないもどかしさが、昂《たかぶ》った女体にふさわしい。現役競泳選手の時代に味わった、身体をいじめるように猛練習しても遅々として記録が伸びない時期を思いださせる。当時はひたすら苦しかったが、今となっては奇妙に胸が熱くなる。目の前に欲しいものがはっきりと見えながら、なかなか手が届かない感覚が、身体を恥ずかしいほど追いつめる。

うろうろと肉襞のなかをさまよっていた指も、ついに収まるべき鍵穴を発見した。待ちわびて開閉を繰りかえす秘孔に指先を引っかけて、右手の人差し指がするりとなかにすべりこんだ。

「はあっ、ああ、博人くんが入ってくる、あああ」

焦らされた末の挿入は、燃え盛る真夏の肉体を一気にスパークさせる。

「ふわあっ！　奥へ、うんっ、奥まで入ってきて」

右手で膣の天井を撫でながら、左手が入口の周囲を迷い歩いた。もうひとつの宝物を手に入れるために。

（確か、このあたりに、あるはずなんだけど……あった！）

指先が、小さな突起に触れた。見えないだけに、親指と人差し指が思ったより強くつまんでしまう。

真夏の身体が、博人の胸の上で跳ねあがる。水に濡れた肌に、どっと汗が噴きだした。

「ひいっ！　それっ、それは、あああ！」

真夏は首を振りたくる。震える腰を前にせりだして、自分から少年の手に女そのものを押しつけ、快楽を貪《むさぼ》った。

「いいぞ、博人、はうっ、もう、たまらない！」

「ひいっ、博人くん、気持ちいいよ！」

「わたくしのお尻は、すべて博人様のものですわ、ああっ、死んじゃう！」

博人の裸身の上に並んだ三人の水着美女たちが、そろって身体をよじらせ、切羽つまった嬌声《きょうせい》をあげつづける。真夏も、稜も、亜矢美も、他の二人が間近にいることが大きな刺激になり、股間を中心にして全身が紅蓮《ぐれん》の炎と化した。

稜の体内にペニスを呑まれた博人も、容赦《ようしゃ》なく二度目の射精へ向かって追いあげられている。いずれ劣らぬ極上の肉体を持った三人のインストラクターの女性器を同時に味わう悦びは、このまま天国へいってしまうかと思ってしまう。

（いや、いくのは天国なんかじゃない）

稜のなかで、亀頭から精液が噴出した。今までにない、睾丸がすべて空っぽになるような大量の射精が、膣の奥へと流れていく。博人は亜矢美の肛門から口を離し、真夏に挿入した指に力をこめて、絶頂の言葉をほとばしらせた。

「みんなで、ドーバー海峡へイクんだ！　イクうっ!!」

真夏が全身をこわばらせ、愛液を博人の胸に溢れさせた。

「ああっ、博人くん、ドーバーへイコうっ!!」

予想もしなかった量の精液で体内をいっぱいにされて、稜は自分の乳房に指を食いこませた。

「はうっ、わたしもイッてやるう!!」

他の二人にはない尻の絶頂を迎えて、亜矢美は両手を背後のビニールにつき、全身をわななかせた。

「ああっんん、わたくしもイカせていただきますわあ!!」

四人がタイミングを合わせて頂上を極めた衝撃が筏《いかだ》に伝わり、水面に大きな波を起こした。筏が大きく揺れると、絶頂の余韻で筋肉を弛緩させた男女にバランスを取ることは不可能だ。

「わあっ！」

体が斜めになった博人が、驚愕の声をあげた。人並みはずれた運動神経を持つインストラクターたちも、互いにぶつかり合って悲鳴を合唱する。ビニールの筏がプールの上空に吹っ飛び、四人は同時に水中へと放りだされた。

高い水柱を作って、全員がプールの底まで沈没した。

「ぷわっ」

立ちあがって水面から顔を出した博人に、インストラクターたちが迫ってくる。

「次はわたくしが、博人様自身で貫かれる番ですわ。どうか、わたくしの尻に入れさせろと命じてください」

「博人くんはわたしの恋人よ。優先権はわたしにあるの」

「強い者がセックスできる。それがスポーツだ。つまり、次もわたしだ」

博人は三人に顔を寄せて、次々と唇を奪った。

「みんな、ありがとう。これからも、ふあっ！」

かっこいいことを言おうとした博人の口を、おかえしのキスの群れがふさいだ。男子高校生の顔中に三つの唇がキスの雨を降らせ、三枚の舌が先を競って少年の舌をからめとろうとする。

四人の周囲でまたもやいくつも波紋が起こり、プール全体に波をひろげていった。

波音に混じって、新たな喘ぎ声の四重奏が、何度も屋内プールの天井に反響した。

☆

白衣の裾をひるがえして、津和三千代は屋内プールから自分の支配地である出張研究室へ向かう廊下を歩いていた。頭に浮かぶのは、珍しく自分の研究課題のことではなく、弟と三人のインストラクターのことだった。

「考えると不思議ね。あの三人が年下好きなのは知っていたけど、あんなにひろくんに惹《ひ》かれるとは予想もしなかった。じつはひろくんにはお姉さんキラーの秘めたる才能があったのかもね、きゃっ！」

廊下の角を曲がろうとしたとき、向こう側から走ってきたもうひとりの白衣の人物が衝突した。二人はからまり合って転倒し、中年男の手から何枚もの紙がばらまかれる。

三千代は並んで床に横たわった信頼する部下へ尋ねた。

「どうしたの、佐脇さん。そんなに血相を変えて」

「主任、これをごらんください」

佐脇が転がったまま、これだけは離さなかった紙を上司に渡した。

「どれどれ」

寝転がったまま紙面に並ぶ複雑な数値を読んだ三千代の顔つきが激変した。知らない人が見れば、性の悦びに震えていると勘違いする表情だ。

「これは！　もしかしたら、ひろくんの体は……」

数値の意味を理解した三千代は、バネのように立ちあがり、咆哮《ほうこう》を轟《とどろ》かせた。

「佐脇さん、今すぐ実験の用意よ！　研究員を全員招集して！」

「はい、主任。喜んで！」

佐脇も外見に似合わない俊敏さで起きあがり、さっそく携帯電話をかけながら廊下を走っていく。

廊下に散らばったデータを集めながら、三千代は舌なめずりをした。

「ひろくん、もうちょっと、姉さんに付き合ってもらうよ。もっと楽しいことが待っているかもしれないからね」

〈終わり〉

美少女文庫
FRANCE SHOIN

お姉《ねえ》さんと特訓中《とつくんちゅう》！

著者／羽沢向一（はざわ・こういち）
挿絵／白猫参謀（しろねこ・さんぼう）
発行所／株式会社フランス書院
〒112-0004　東京都文京区後楽 1- 4 -14
電話（代表）03-3818-2681
（編集）03-3818-3118
URL http://www.france.co.jp
振替　00160-5-93873
印刷／誠宏印刷
製本／宮田製本
ISBN4-8296-5769-3 C0193

原稿大募集 新戦力求ム!

フランス書院美少女文庫では、今までにない「美少女小説」を募集しております。優秀な作品については、当社より文庫として刊行いたします。

◈応募規定◈

★応募資格
※プロ、アマを問いません。
※自作未発表作品に限らせていただきます。

★原稿枚数
※400字詰原稿用紙で200枚以上。
※フロッピーのみでの応募はお断りします。
必ず**プリントアウト**してください。

★応募原稿のスタイル
※パソコン、ワープロで応募の際、原稿用紙の形式にする必要はありません。
※原稿第1ページの前に、簡単なあらすじ、タイトル、氏名、住所、年齢、職業、電話番号、あればメールアドレス等を明記した別紙を添付し、原稿と一緒に綴じること。

★応募方法
※郵送に限ります。
※尚、応募原稿は返却いたしません。

◈宛先◈

〒112-0004　東京都文京区後楽1-4-14
株式会社フランス書院「美少女文庫・作品募集」係

◈問い合わせ先◈

TEL: 03-3818-3118
E-mail: edit@france.co.jp
フランス書院文庫編集部